Antología personal de Farsas Melodramáticas

Alejandro Archundia

DEDICATORIA

A Anis. Te hubiera encantado tener este libro en tus manos mamá.

A Kiri. La gatita que debió tener 17 vidas y no sólo 9.

CONTENIDO

AGRADECIMIENTOS

A todo aquel que compre este libro. A mi padre. Al chicuelo Rogelio Flores. A Habs. A Iraí. A la bruja. A Carolina. A Guadalupe Ramos. A la individua Mariana. A Guillermo Santos.

SINCRONÍA

Volverás a tomar el papel. Quitarás el seguro del cajón y sacarás la pluma, esa pluma azul que te regaló el día que publicaste tu primer libro. Probarás la tinta en la orilla de la hoja. Escribirás su nombre, quizá escribas el tuyo a un lado, quizá hagas un acróstico con el nombre de ambos entrelazado, no importa, será sólo para comprobar que aún tienes tinta. Será un 17 de noviembre a las 17 horas. Regresarás a escribir acerca de ella. Otra vez.

Escribiré sobre un personaje, una "ella", que por razones azarosas conoce a un personaje él (él). Se verán en la plaza de un pueblo. Él habrá tenido el suficiente valor, basado en las características psicológicas del personaje, para acercarse a Ella e invitarle un poco de ilusión (la ilusión estará representada por un algodón de azúcar). Ella lo aceptará, tendrá que ser claro que al personaje Ella le interesa él, que quiere pero que no quiere. Le regalará una sonrisa arrugando el lunar de su mejilla y seguirá su camino por la avenida principal. Él habrá entendido el mensaje, se colocará del lado derecho de la acera y caminará a su lado, desprevenido de lo que le espera, se notará que sus ganas de vivir son muchas, que es valiente, que su insistencia es su herramienta de seducción. Caminarán hasta la noche, Él estará feliz, Ella se habrá culpado por no decirle a Él su verdad, guardará silencio, vivirá el momento. Se despedirán a la orilla del río, Él querrá besarla, Ella se negará y le dará una justificación absurda, se me ocurre que será "Tenemos diferente religión" "No tenemos nada en común" o "No estoy lista" una frase que aclarará que Ella quiere comprobar que Él está interesado en ella. Cuando Él se haya marchado, Ella podrá liberar la tensión y reconocer que Él le gusta, que disfrutó su compañía. Luego tendrá que callar de nuevo, cuando entre a su casa y su marido la esté esperando, con esa paciencia que caracterizará al personaje, con la cena servida y ninguna pregunta. Ella sentirá culpa, cenará con su marido en silencio. A la hora de dormir, se acostará del lado derecho de la cama (aunque ella siempre haya preferido el izquierdo), depositará un beso insípido en la mejilla de su marido y al escucharlo roncar, Ella abrirá los ojos y le pedirá a su Dios en voz queda, la oportunidad de ver a Él otra vez.

Escribiré cómo un personaje, un "él", se enamora de una "ella" (ella). Él regresará a su casa, con el pecho a punto de estallarle. Saludará a sus padres, comerá una concha de vainilla y recostado en su cama pensará cómo es Ella. Se dará cuenta que Ella quiere pero no quiere, que podrá ocultar lo que piensa pero no lo que siente. Su padre entrará a la habitación, se tomarán juntos una cerveza, Él no resistirá la angustia y le contará del lunar que Ella tiene en la mejilla, le hablará de su sonrisa, del aire misterioso que le rodea la cintura, del perfume de sándalo que Ella dice le prepara su abuela. El padre sentirá temor, habrá de suponer que una mujer tan hermosa tendría dueño ya. Él ignorará las advertencias, soñará con Ella.

Se encontrarán una semana después, en el mercado. Ella estará comprando guayabas, llevará en la mano una bolsa con manzanas. Él la habrá estado buscando desde esa noche, con los ojos hinchados de recordarla (procuraré justificar bien este encuentro). Se acercará a Ella, que desde metros atrás percibirá el delicado aroma a sudor que tanto le atrajo de Él la primera vez. A ambos les temblarán las manos, Él seguirá, Ella lo esperará clavada al suelo y afianzada de la bolsa con manzanas. Ella recibirá la bolsa con las guayabas y sentirá como otra mano se apodera de la suya. Dentro, se le desatarán 14 mil fragmentos celulares, la imagen del marido quedará sepultada entre el trauma de la infancia y la muerte de su hermano. No tendrá caso contenerse, sus dedos jugarán una danza hasta quedar pegados. Caminarán unidos hasta llegar a casa de Él. Ella tendrá miedo, pero no dudará en querer hacerlo. Al entrar, ella pondrá la bolsa de pollo sobre la mesa mientras Él se asegura que no haya nadie en la casa. Y no habrá nadie. Ella sacará una guayaba de la bolsa, le quitará la cabeza y la pondrá en la boca de Él. Será la última vez que ella recuerde, en ese día, la hora y sus minutos, cerrará los ojos.

Él sentirá como sus labios se vuelven de papel, respirará aceleradamente cuando sus manos bajen con delicadeza los tirantes del vestido café, tendrá un escalofrío cuando ella le acaricie la espalda con las uñas. Tendrá cuidado de no lastimarla cuando rueden por el piso astillado, la penetrará como si la vida se le fuera en ello. Asegurará que en ese preciso instante, Dios y el demonio se encuentran en perfecta comunión. Llegará la noche, Ella dormirá del lado izquierdo del petate, amarrada con el brazo al pecho de Él, soñará con un momento que se repite sin cansancio, Él soñará lo mismo. Ninguno escuchará el ruido del cerrojo, ni la puerta que se abrirá dejando entrar al padre y al marido que se encontrarán (como ellos) por razones azarosas en la plaza del pueblo (Tendré que justificar eso). Los mirarán con odio, los despertarán de súbito, Ella se colocará detrás de Él sin dejar de abrazarlo. El marido no sentirá furia, ni coraje, no es parte del personaje, será una reacción de conmiseración. El marido enloquecerá y saldrá corriendo de la casa, Ella no lo seguirá, nadie sabrá nadie del marido hasta la mañana siguiente, en la que encontrarán su cuerpo inerte a la orilla del río.

Detendrás la escritura, dejarás la pluma sobre el escritorio, esa pluma gris que él te regaló antes de que te fueras a vivir a otro país. Te preguntarás si él habrá recordado la fecha. Abrirás el cajón, antes de guardar la pluma escribirás en el filo de la hoja su nombre, quizá escribas el tuyo a un lado, quizá hagas un acróstico con el nombre de ambos entrelazado, no importa, será sólo para comprobar que aún tienes tinta. Cerrarás el cajón. Será un 17 de noviembre, te habrás olvidado de la hora y sus minutos. Te darás cuenta que regresaste a escribir acerca de él. Otra vez.

CORRE-GIR (DÉCIMA DEL SILENCIO)

No corrijas. Nunca corrijas. Dale algo más. Algo que suene bien. J u e g a con las ffffoormaasss,
   tus dedos desnudos golpean y los golpes aparecen transformados en una letra. Aquí estás. Aquí estamos, escribiendo, tú marcas la pauta de la frase, yo respondo con la siguiente, suerte de escritores, nos reconocemos en las palabras, en las huellas que marcas en tus textos, con las señales que te pongo en los míos. Pero nada es suficiente, tenemos que comulgar el sueño con el conjunto, que este escrito, el primero que escribimos juntos, para nosotros, nos lleve anclados en el sueño hasta un clímax, sin la necesidad de alterar nuestros sentidos al contacto de nuestras manos.

   Siguiente paso. A lo que sigue. Corrige. Siempre corrige. Te gusta jugar con el punto y seguido. Yo prefiero los dos puntos: pares, ubicados a la misma distancia, separados por un espacio vacío, redondos como el ciclo de nuestras vidas. Pero lo que nos encanta son las comas, sí, las comas. ¿Y si lo incluimos en nuestros respectivos libros? Eso es una cacofonía, es una propuesta, te gusta la ese, porque la golpeo con el anular de mi mano izquierda, tus manos son huesudas, ¿Ves? A ti también te gusta la ese, no te sumerjas en eso tenemos que corregir, la segunda fase del proceso, a mi me gusta así como está, hay que cambiarle, darle varias pasadas, léelo en voz alta, así no funciona.

   ¿Pagaste la luz? ¿Para qué te preocupas por eso en este momento? Me acordé, estamos corrigiendo el texto, discúlpame me acordé eso es todo, -----, no te enojes, -----, quítale esas rayas no sirven para nada, esas yo las puse y se quedan, ¡Ah, Ya te decidiste a hablar! Las rayas se quedan, -----, ¿Podemos seguir? Ya es muy tarde, pues vete a dormir y yo termino, vas a maquillar lo que yo puse para que se cargue a tu estilo, no seas paranoica, te conozco,

4

¡Entonces no te duermas y corrijamos! Estás cayendo en el lugar común, siempre caemos ahí, porque te falta madurez creativa, si eso crees entonces para que hacemos esto juntos, porque parecía una buena idea, lo es y eso demuestra que no me falta madurez creativa, ¡Pero ya caímos en el lugar común! ¡Por tu culpa, sacaste la estupidez de la luz!

¿No crees que es demasiado corto? Era otra cosa algo lindo pero ya no lo es, parece un texto de caída, ¿Quién se está cayendo? Nosotros mensa nuestra idea, no me digas mensa limítrofe, y ahora quien llevó las cosas al lugar común, no me gustan tus sarcasmos cerebro de gusano, insultándome no vas a llegar a ningún lado me vale madres en el fondo sé que tus rencores son porque me amas, ja ja ja ja ja, reptas bruja pretenciosa, kome kaka kavrón, ¡No le hagas esto a nuestro texto! ¿Ké pazó, no aguantaz unaz pekeñaz faltaz de ortografia? Nunca te creí capaz de hacer algo así era nuestro cuento nuestro lazo, avía una bes un ombre que... ¡Ya basta! Iva a escrivir un testo con zu amada y... ¡Deja de hacer eso por favor! La iztoria ce fue al carajo...-----, ¿Adónde vas? -----, ¿Arturo? -----, perdóname no pensé que te fuera a doler tanto fue una estupidez discúlpame, -----, ¿Qué haces? no seas tonto yo no quería ya te dije discúlpame, -----, suelta eso ya ven vamos a corregir el texto discúlpame carajo, -----, ya no exageres vamos a corregirlo, -----, por favor te gustan las comas ¿Te acuerdas? -----, aléjate de ahí suelta eso no mires así, -----, ¡Nooooo!, -----. Estúpido texto, no lo borres déjalo como está, pero es nuestro símbolo, ¡No toques ni cambies nada! Tú tampoco querías que quedara así, Es una ficción y nada más, ¿Sólo una ficción? Sí, sólo eso.

Se fue la luz. Luciérnaga fundida, empozoñando todo lo que tocas, carcamán, desodorante de zorrillo, meteco, nonada, limítrofe, chancro, pedazo de basura. Un silencio. Lágrimas. Descarga de la emoción. Afuera llueve, adentro está que arde. Bruja, cerda malparida, puta que cobra de a peso, frígida, bola de pelos escupidos, fusta, gargajo de albañil, palafrenera, gibada. Otro silencio. Relámpagos. Después todo oscuro. ¿Y ahora? Y ahora que pendejo, pues se fue la luz, no la pagaste. Tercer silencio. Se escucha un ruido. ¿Te echaste un pedo marrana?, ¡No seas imbécil! Empujé el sillón y se movió, a mi se me hace que te pedorreaste, el león cree que todos son de su condición, ni digas nada porque ya me está llegando el olor y los sillones no huelen cuando los empujas, ¡Bueno ya! Me eché uno chiquito. Silencio. Relámpago cercano. Por un instante se dibujan las siluetas. ¿Qué me ves animal?, ¡Ah chingá! ¿Cómo sabes que te estoy viendo?, hasta acá siento tus pupilas como estacas, supongo que eres una gata que mira en la oscuridad, ¡Te vi! no te hagas, estás loca y paranoica, loca por casarme con una escoria, escoria que te coges siempre que estás caliente, una pinche escoria que no me dura ni ocho minutos, más vale calidad que cantidad, calidad de marca libre, entonces con que poca cosa gimes, soy buena actriz. Quinto silencio. La luz regresa unos segundos. Oscuro otra vez. Tanta pendejada que compras en el súper y no eres capaz de comprar unas velas, con la limosna que me das ni para unas pinchurrientas velas me alcanza, pues claro que no si todo te lo gastas en maquillajes y billetes de lotería, ¿Eso crees? Si se me acaba comprándote para tragar pinche barril sin fondo, de alguna manera tengo que desquitar mi infelicidad, ¿No eres feliz? ¡Pues cuando quieras te puedes largar! La puerta está muy ancha y hasta un elefante como tú cabe por ella, ¡Tal vez debería hacerlo! Mi mamá si sabe hacer de comer y seguro que cualquier mujer es mejor en la cama que tú, ¡Órale cabrón! Pues te me largas que este pinche departamento es de mi papá y cuando quiera te puedo correr, está bien nada más que llegue la luz para poder verte a la cara y decirte que te vayas mucho a chingar a tu madre ¡Perra desgraciada!. Silencio largo. Llanto de ella y coraje de él. Oye flaquita discúlpame se me fue la mano, ¡Siempre es lo mismo hijo de la chingada!, no de veras perdón, ya es muy tarde estoy cansada de que me humilles. Silencio. Relámpago. Llanto. Él se acerca un poco a ella. Mi amor, ¡Que quieres!, chiquita discúlpame los dos dijimos cosas que no debimos, te amo pero eres un patán, ya no llores ¿Sí? ¿flaquita?, ven y abrázame. Octavo silencio. Se abrazan con recelo. Remanso. Discúlpame a mi también, no te preocupes bonita me merezco todo lo que me haz dicho, ¿Olió mucho mi pedo?, No te sé decir soy un desodorante de zorrillo. Silencio. Risas. Él la besa en la frente. Ella se acurruca en su regazo. Bésame, ¿Quieres?, tu que crees, que sí, demuéstrame que no son ocho minutos, te amo, yo también te amo. Décimo silencio. Inicia el ritual amoroso. Dos almas perdidas en el ego se funden para hacerse una sola. Regresa la luz. ¿Qué pasó?, ¿Puedes apagar la luz?. Oscuro.

¿Nada de lo que escribiste es cierto verdad?
¿Los insultos?
Sí. Los insultos.
No. Para nada.
¿Segura?
Cállate y bésame.

CRÓNICA DE LOS 17 CANDADOS

Se miraron durante unos minutos. Estaban sentados en el borde de la cama. Sus manos se acariciaban inconscientemente. Él quería llorar, ella no quería enfrentar la situación. Mariana contemplaba la habitación como recordando lo que para ella había sido durante mucho tiempo su santuario de paz, su espacio alejado de la realidad que a veces se antojaba aplastante.

A él se le salió una lágrima, por su cabeza no había más que la sensación de quedarse sin ella. Pensó en miles de frases, palabras que en algún momento fueron suficientes para hacerla sonreír pero que últimamente ya no arrojaban resultados favorables. No dijo nada, sabía que por primera vez en mucho tiempo no iba a servir de nada.

Ella lo miró de nuevo. Con su dedo suavemente le limpió la lágrima y lo abrazó. Sonó el timbre, el taxi había llegado.

1
Se conocieron en su lugar de trabajo. Ella, Mariana, acababa de llegar de Canadá después de un año de hacer obras de caridad. Al ser hija de padres exitosos, su trabajo no era una necesidad, más bien encontraba en su trabajo esa especie de paz que te da el hacer cosas buenas por los demás. Él, Ramón, estaba a cargo de la capacitación del personal que llegaba a laborar a la empresa.

Su primer encuentro, fue durante su primer capacitación a la que Mariana llegó tarde.

El segundo encuentro fue una repetición del primero, Mariana, con su aire de ligereza que la caracterizaba, no contemplaba la importancia de la puntualidad para Ramón, así que decidió jugarle una broma para que no volviera a retrasarse.

El tercer encuentro corrió con más suerte, Ramón hizo obvia la belleza de las pestañas de Mariana, lo que creó una especie de intimidad furtiva entre los dos.

Ella tenía pareja. Para Ramón esa clase de hechos descartaban a alguien como su posible interés afectivo. Sin embargo, Martín disfrutaba mucho esos pequeños momentos en los que compartía con ella. Lo hacían sentirse joven, lo hacían sentirse especial.

Una tarde después del trabajo, Ramón notó a Mariana triste, ella le contó de su familia, de la soledad, de los momentos en los que sientes que no encajas en ningún lado. Ramón le dio un abrazo. Para él, fue como si un candado con el que cuidaba su corazón se hubiera caído.

2

Esa noche, Ramón pensó en la famosa frase "nunca subestimes el poder de un abrazo".

Los encuentros eran cada vez más recurrentes. Los saludos en el trabajo se convirtieron en largas horas de pláticas nocturnas al teléfono y chat. Los dos habían encontrado una puerta abierta por la que estaban dispuestos a seguir caminando. Nadie se había percatado, ni ellos mismos que estaban construyendo un puente invisible entre sus deseos y sus emociones.

Día de descanso. Día que para Mariana significaba pasear con sus padres. Para Ramón significaba quedarse en su casa a pensar. Lo sorprendió un mensaje de Mariana que le explicaba que se encontraba confundida debido a un sueño que había tenido. Ramón era psicólogo, tenía cierta facilidad para interpretar los sueños de los demás. El sueño de Mariana era hermoso. Mientras Ramón deseaba que hubiera sido él, el hombre con el que soñó Mariana, otro candado silenciosamente desaparecía.

3

Los días pasaron y Ramón seguía sin considerar a Mariana como una posibilidad de enamorarse, hasta que por primera vez, vio a Mariana platicando con uno de los empleados nuevos. Martín tenía que dar otra capacitación pero no dejaba de pensar en ella y en la posibilidad de dejar de tener eso que sólo ella le daba. Por la noche, en contra de todas las convenciones, Ramón tiró un candado más y le confesó a Mariana que había sentido celos.

Mariana no supo qué contestar, para ella le resultaba difícil creerlo, y es que por mucho que el enamoramiento hace sus locuras, ella jamás se habría imaginado que lo que poco a poco comenzaba a sentir por él pudiera ser correspondido. En la vida, en el plano real, había tantas cosas que los separaban; su condición en el trabajo, su edad, su condición económica; pero en el plano inmaterial, todo los unía.

4

Por un tiempo dejaron que la vida siguiera, pero la tentación de hablarse, de acercarse iba creciendo sin que ellos se dieran cuenta. La situación no era sencilla, para Ramón, el estar con Mariana implicaba un riesgo, un riesgo de perderlo todo a causa de una relación que no tendría futuro. Para Mariana, las implicaciones sociales tenían más peso, romper todos los moldes y los esquemas establecidos y la terrible sensación de decepcionar a sus padres. Sus emociones seguían adelante pero su cabeza les marcaba razones lógicas y justificables para no estar juntos. Ramón quizo cerrar un candado y decidió no seguir con la relación. Mariana lloró, pero estaba segura que era lo correcto. Ramón no tardó en arrepentirse de no seguir, finalmente ¿Porqué tendría que quedarse con el deseo de amar a alguien por evitar los riesgos? Mariana siempre fue más valiente que Ramón, pero en esa noche decidió, a diferencia de lo que hacen todos los adultos, tirar otro candado y apostarle a su felicidad.

5

Ramón amaba los libros y las sorpresas. Un día apareció en su escritorio un libro que se llamaba "Ramón el preocupón" y un chocolate. La ingenuidad de Ramón lo llevó a pensar que había sido alguien más. Cuando supo quien fue un candado más había desaparecido.

6

Había un vínculo, un lazo que los unía cada vez más. Cualquier momento era una oportunidad para mandarse un mensaje, para intercambiar secretos, para llenar de palabras hermosas el corazón de cada uno.

Ramón tenía que ausentarse unos días para dar una capacitación en otro país, en ese tiempo no estaba seguro que el lazo que había construido con Mariana era lo suficientemente fuerte, pero mientras preparaba su maleta una sensación de vida permeaba su estómago. Era amor. Y tenía que decírselo a Mariana, que para el día que Ramón se tuvo que ir se notaba muy triste. Antes de irse, unos días antes Ramón tiró a la basura un candado más. Se armó de valor y buscó un momento para estar a solas con Mariana. La besó. No fue el beso más hermoso, no fue el beso que quizás Ramón hubiera querido darle, pero fue sorpresivo, intenso, lleno de esa energía que emborracha al que lo recibe.

Un momento antes de irse, Ramón buscó otro momento, cada vez era más necesario buscar esos momentos a solas, era importante, él tenía que decirle algo y cuando lo hizo, nunca le había hecho tanto sentido decirle a alguien "Te amo".

7

Durante el viaje, a Ramón le hizo compañía un regalo en una bolsa que Mariana le había hecho, un rompecabezas que al unir las piezas, se mostraba la correspondencia de Mariana. Para él, así era su relación, un rompecabezas que al principio nadie entendía, pero que al poner las piezas todo tenía forma, todo tenía sentido.

A pesar de la diferencia de horarios, siempre encontraron oportunidades para estar en contacto. Ramón se llevó el beso, su esencia y mientras viajaba y conocía un país que siempre soñó conocer, todo lo que veía le parecía el regalo perfecto para ella. Tirar candados ya era cada vez más fácil.

Antología personal de Farsas Melodramáticas

8

Oxitocina. Esa encima que el cerebro libera cuando se está enamorado. Ramón y Mariana la soltaban a montones. Había algo mágico entre ellos, quizás el hecho de tener una relación en secreto, quizás el hecho de verse unidos por fuerzas que parecían del destino, quizás los retos que poco a poco superaban.

Llegó la temporada vacacional. Ramón, que a pesar de los candados que había tirado le parecía que todo terminaría pronto, veía con tristeza que él y Mariana permanecerían alejados mucho tiempo. Ella viajaría a su país. En secreto, le preparó a Ramón la mejor de las sorpresas. Cuando se fue a Ramón le dejó una caja, una caja que contenía videos rotulados para cada día. Cada día era algo diferente, cada día algo para amar más a Mariana. Mientras Ramón veía diariamente los videos y cuidaba a la gatita de Mariana, Le escribía correos todos los días y le escribía poemas. No había amor más grande. Los dos parecían estar hechos el uno para el otro. Había caído un candado más.

9

No habían terminado las vacaciones cuando pudieron estar en contacto. Ella le confesó su pasión por el tatuaje de corazón que Ramón tenía tatuado en el brazo derecho. Él le envió una foto, ella le pidió que no lo hiciera porque no podría hacerse responsable de sus actos. Él pensó que ella estaba jugando. Ella le confesó lo que hizo, una muestra de deseo y de pasión para sí misma. Él dudó por un momento, nunca habían tocado el tema del deseo. Se cayó un gran candado, los dos, se abrieron la puerta para hacer más íntima su relación.

10

Superaron la prueba de la distancia. Ramón y Mariana se reencontraron y ya eran una pareja, que seguía escondida pero pareja. Se acercaba la fecha del cumpleaños de él y ella le tenía preparada una sorpresa. No se la pudo dar ese mismo día porque muchos querían festejar a Ramón, sin embargo, él no se despegó de ella en todo el día, él sólo quería tener su compañía, estar cerca de ella. Le hizo un regalo, una foto de ellos y con la letra de ella la frase en inglés: "Nunca más volverás a estar solo".

A Mariana se le ocurrió una idea loca. Para Ramón las ideas de Mariana eran descabelladas, pero siempre había esa admiración, esa pasión por atreverse a hacer las cosas de manera diferente. Se escaparon del trabajo para celebrar el cumpleaños de Ramón un día después. Se fueron al parque. Mariana traía guardado un pastelillo con merengue de fresa. Lo mordieron al mismo tiempo y ese pequeño detalle se convirtió en una tradición. Comer a dos bocas. Un candado menos.

11

Llegaron al punto en el que los besos, los abrazos y las palabras ya no eran suficientes. Estaban listos para darse, para entregarse y alcanzar el punto máximo de su amor. Tuvieron un encuentro fallido, no se pudo, no era el momento.

12

Lo intentaron una vez más. Arreglaron un encuentro un día se asueto. Ese día otro gran candado se desintegró. Se unieron en un momento en el que la vida se les iba en estar juntos. Pasión, saliva y flujos se mezclaron. Los dos cuerpos pasaron a ser uno, las almas se tocaron en la cumbre. Volaron.

13

El amor comenzó a notarse. Cada día era más difícil no mostrar que estaban juntos, que habían decidido desprenderse de las cadenas que los ataban. Aún había mucho que vivir, mucho que descubrir. La gente cercana comenzó a hacer preguntas. Ramón era un buen mentiroso, pero en el fondo no soportaba la idea de tener que ocultar una relación que lo hacía sentirse vivo, sentirse un ángel. Para Mariana era más difícil, mentía, pero su corazón quería gritar lo mismo.

Una tarde Mariana y Ramón se reunieron en casa de ella para hacer trabajo extra, la madre de Mariana se dio cuenta del vínculo.

Parecía que todo estaba acabado, Mariana estaba lista para despedirse de Ramón, pero él, creyendo en la grandeza de su amor, tuvo el valor de confrontar la situación y habló con la madre de Mariana, que para su sorpresa, estuvo de acuerdo con la relación. Un candado menos, ahora alguien más era parte cómplice de una historia de amor que había superado cualquier adversidad.

14

Se encontraban seguido. Cada día encontraban nuevas formas para amarse. Establecieron una dinámica para verse sin problemas. Para Ramón, cualquier problema, cualquier reto le parecía problema pequeño, Mariana era la mujer con la que quería estar, pero Ramón no contemplaba el mundo exterior, la presión del trabajo, el cansancio de la rutina laboral que siempre hace mella en cualquier trabajador. Sin darse cuenta, esa situación empezó a ser parte de la relación. Ramón se quejaba con Mariana. Ella siempre lo escuchaba y quizás por lealtad, quizás por amor, ella misma empezó a sentirse enojada con el trabajo.

15

Algo estaba mal con Mariana. De pronto se sentía culpable de su amor, de pronto se sentía ajena, alejada de todo el mundo que la rodeaba, varias ocasiones quiso terminar con la relación, pero siempre regresaba. Parecía que se pertenecían pero las circunstancias no eran las más favorables. Se amaban, Mariana y Ramón se amaban, pero había ocasiones en las que Ramón quería estar con Mariana y ella quería hacer otra cosa. Por su propia naturaleza, Mariana empezó a sentirse enjaulada, Ramón empezó a sentirse solo.

16

Se acercaba el cierre del año laboral. La presión hasta el cuello. Mariana y Ramón ya no eran los de antes. Obligados por las circunstancias que les exigían ocuparse de sus responsabilidades, cansados de ocultarse, preocupados inconscientemente por el futuro. Mariana viajaría de nuevo, pero esta vez se iría mucho tiempo. Con todas esas dudas en el aire, el amor no desapareció, pero permanecía oculto.

Crisis, hubo crisis, cualquier pretexto era válido para que la intolerancia estallara, si no era él, era ella, se peleaban, discutían. A diferencia del principio, en el que eran incapaces de irse a dormir sin arreglar las cosas, las disculpas iban desapareciendo, aparecían reclamos constantes. Ramón le quiso dar más espacio a Mariana, ella siguió su naturaleza, pensaron en la posibilidad de un último encuentro.

17

Una tarde, siete meses después de la declaración de amor de Ramón. Sus cuerpos se unieron una vez más, sus almas se mezclaron, alguna especie de liberación ocurrió entre ellos. Sabían que quizás sería la última vez y dejaron a un lado los problemas que fueron característicos en su última etapa. Ninguno de los sabía que sería de sus vidas, si es que una vez más superarían la prueba del destino, si es que serían capaces o si valía la pena cargar el peso del silencio, se entregaron, se reconocieron, se tuvieron, se perdieron, se amaron.

Se miraron durante unos minutos. Estaban sentados en el borde de la cama. Sus manos se acariciaban inconscientemente. Él quería llorar, ella no quería enfrentar la situación. Mariana contemplaba la habitación como recordando lo que para ella había sido durante mucho tiempo su santuario de paz, su espacio alejado de la realidad que a veces se antojaba aplastante.

A él se le salió una lágrima, por su cabeza no había más que la sensación de quedarse sin ella. Pensó en miles de frases, palabras que en algún momento fueron suficientes para hacerla sonreír pero que últimamente ya no arrojaban resultados favorables. No dijo nada, sabía que por primera vez en mucho tiempo no iba a servir de nada.

Ella lo miró de nuevo. Con su dedo suavemente le limpió la lágrima y lo abrazó. Sonó el timbre, el taxi había llegado.

Él pensó en todo lo que ella le había dado. Ella pensó en el tatuaje de corazón.

Antes de partir se tocaron las manos por última vez. Remanso. Sin que el otro lo supiera los dos pensaron al mismo tiempo que sería de sus vidas a partir de ese día.

CINTURA ELÉCTRICA

Te levantas con pesadez después de dormir tan sólo un par de horas, la noche anterior fue divertida, pero los estragos resuenan en tu cerebro con singular alegría. Bostezas, te mueves con torpeza, el camino al baño te parece lejano. El agua de la regadera se resbala por tu cuerpo resucitando cualquier idea de celebración, mientras frotas el contorno de tus senos con el jabón recuerdas aquel comercial que supone que tomar un baño es "rejuvenecer y volver a la vida", te lamentas de no haber comprado esa marca. Tus pies mojados dejan huellas en la alfombra. La toalla blanca moldea tu figura, el turbante seca tu cabello para que no se maltrate. C aminas a la ventana y suavemente deslizas tus manos sobre la cuerda para mirar el amanecer. Es temprano, abajo se escuchan ligeros zumbidos de los pocos autos que circulan por la avenida. La luna se oculta justo frente a ti. Acompañas la imagen con un trago del tequila que sobró de la noche anterior. Nunca has entendido porqué el alcohol ayuda a que te coloques las medias con mayor soltura. La falda negra espera sobre la cama, miras la luz rojiza del despertador que indica que aun estás a tiempo de tomarte otra copa, un cigarro para que te sepa mejor. Piensas que tu cuerpo semidesnudo resplandece ante el espejo, tu cabello está perfectamente rizado, te untas un poco de crema en el rostro, la loción perfuma tu cuerpo y te hace sentir una niña otra vez.

El auto te espera ansioso en el estacionamiento. Miras a padres e hijos andando con prisa y malas caras porque se ha hecho tarde para ir a la escuela. Das las gracias por no tener hijos, por no estar casada y por ser tan organizada en tu vida que tienes calculado cada detalle para la llegada al trabajo. Depositas una moneda en la mano del conserje por el favor de abrir la puerta, este te da las gracias y te habla respetuosamente, estás segura que eres la única a la que le habla así. Llegas a la esquina, el voceador repite la rutina diaria y te ofrece el periódico, es la misma sonrisa del conserje, te alegras de recibir tus primeros halagos del día. El tráfico es insoportable a estas horas y puedes notar el descontento de los hombres y mujeres que sudan por no estar a tiempo. Tú estás tranquila, el tiempo te sobra, aprovechas el embotellamiento para mirar de nuevo ese sobre que reposa en el asiento trasero. Lees la invitación por sexta vez, no puedes creer que la persona que considerabas el amor de tu vida contraerá nupcias el día de hoy, peor aún, te cuesta más trabajo aceptar que no se casará contigo. Interrumpes la séptima lectura al notar que los conductores adyacentes a ti no dejan de mirarte, sonríes una vez más, juegas con su flirteo, finges que estás interesada, les brindas algunos segundos de alegría y regresas a tu asunto, para ti los coqueteos son parte de la vida diaria, la boda del amor de tu vida no lo es.

Te repones de tu tristeza cuando entras por la puerta, recibes la acostumbrada mirada "encueradora" por parte de los policías que cuidan la puerta; Los saludas, caminas por el corredor y notas la gran cantidad de hombres que se mueren por tomar el ascensor contigo, tu oculto estado de ánimo provoca que los halagos comiencen a incomodarte, sobretodo cuando el pequeño espacio se llena de una mezcla de olores y perfumes baratos que contrastan con tu delicada esencia de 3000 pesos la botella. Sales del encierro, tu cuerpo se levanta cuando caminas por el pasillo, sabes que las mujeres te envidian, las habladas a tus espaldas y sus ojos de rencor son mucho más gratificantes que cualquier piropo, saludas a todas para aumentar tus regodeos, tu olor impregna los cubículos, sabes que eres la reina de ese lugar, sobretodo cuando entras a una de las dos oficinas en ese piso y encuentras el tradicional ramo de flores sobre tu escritorio.

El trabajo es de lo más sencillo, vigilar lo que los demás se acomiden a hacer en tu lugar, el poder que tienes te causa placer, una sonrisa, una mirada, un beso, tareas sencillas que no te cuestan, no quieres pensar que tu puesto de ejecutiva te lo ganaste con esos adeptos. Hora del almuerzo, te pasas la mitad del tiempo espantando a todos aquellos que quieren sentarse al lado tuyo, degustas un rico emparedado de tu preparación y una soda de dieta. Es la novena vez, Ricardo y María, el amor de tu vida y la bruja, la persona que no es ni el diez por ciento mujer de lo que tú eres, la tipa que fue después de ti, la inútil que crees que no lo conoce, la cerda que no tiene nada de lo que tienes, la suertuda que posee lo único que te falta. Se acerca la hora de la salida, llamas a tu madre con el celular más moderno del mercado para preguntar, asegurarte de que ir a esa boda está bien, ella te pide prudencia, te habla de la cantidad de hombres que desearían estar a tu lado, de lo racional que suenan las frases: "Tú eres una ejecutiva, él sólo es un maestro" "Tú eres una diosa, el es un don nadie". Sabes que tu madre trata de ayudarte, le agradeces, haz tomado una decisión, piensas que esa boda no sería nada si no estás presente, vas a hacerles el favor, irás a demostrarle lo que ha perdido.

Tienes una cita con el destino, antes de salir de la oficina, pasas a agradecerle a tu jefe por las flores que todos los días iluminan tu escritorio, él siempre quiere algo más que un agradecimiento, le pides que tenga paciencia, que antes de tenerte tendrá que dejar a su esposa, no tienes miedo de soltar esas palabras, estás segura de que nunca lo hará, nunca podrá tenerte, el hombre no te inspira la mínima confianza para estar entre sus brazos. Te despides de tus compañeros, las mujeres recuerdan que estás aquí y sus caras se hacen largas otra vez, eso te recuerda que eres la mejor. *Altius citius fortius,* así diría el querido profesor que hoy se te va. Caminas con soltura, no hay panza que tengas que ocultar, no es necesario quebrarte la espalda para sacar los pechos, no necesitas el vaivén de tus glúteos como péndulo para sentirte hermosa. Eres natural, eres una diosa, eres la mujer que cualquier hombre desearía tener, por tu cuerpo, por tu inteligencia, por tu fino rostro, por tu sabiduría. Ninguna es mejor que tú, pocos hombres son dignos de ti, tienes la posibilidad de escoger y no que te escojan. El ego y tu seguridad se suben al auto con rumbo a la boutique más elegante para comprar un vestido a tu altura, un atuendo que resplandezca tu condición de musa, el elevado sueldo que percibes te da la oportunidad de comprar lo que se te antoje. La invitación se burla desde el asiento trasero, una señal de lo único en lo que haz fracasado, un antagonista silencioso que quiere arrancarte la autoestima para tumbarte al suelo, sólo para que conozcas el mundo de los pobres seres humanos.

Haces la entrada triunfal en la plaza, los hombres se rinden a tus pies y observas con horror como las esposas, novias y parejas dejan de ser atendidas cuando pasas junto a ellos. Analizas las ropas que ellas visten, notas una tendencia a que ellas presuman su cintura no importando su tamaño o su inexistencia. Miras pantalones por debajo de la cadera justo en el lugar donde la espalda se divide, blusas y playeras estampadas que presumen el ombligo pero dan peso específico a la cintura. No puedes dejar de reír, miras sus lonjas luchando por esconderse, los pantalones ajustados a punto de reventar, panzas que convierten al ombligo en una caricatura. Tus burlas carecen de remordimiento, te hubiera gustado vestir de otra manera para demostrar tu pequeña cintura eléctrica que destroza corazones, que te coloca a la par de los ángeles. Se te ha ocurrido algo, escoges el vestido de noche más hermoso y le pides a la empleada que le haga algunos ajustes, ese atuendo debe por sobre todas las cosas presumir tu cintura. La mujer regresa con el vestido en unos cuantos minutos, al entallarlo con tu silueta el lugar se transforma, todos los reflectores apuntan hacia la cintura eléctrica, recibes las acostumbradas miradas de envidia de las mujeres y los pensamientos animales de los hombres presentes, este es. El gerente de la tienda se acerca y te ofrece un atractivo descuento a cambio de una foto y el permiso para hacer de esa foto una forma para publicitar el lugar, halagos más, halagos menos, te sientes tan dueña del mundo que te das el lujo de negarte, pagas tu vestido y sales con un mar de luces multicolores adentro de la sangre.

La hora se acerca, llegas con el tiempo justo a tu hogar, tomas otro baño para refrescar tus poros, al salir metes tus pies en agua de sábila para que resistan toda la noche de baile, rocías tu cuerpo con aquella fragancia que sólo usaste cuando salías con él. Tomas una copa de tequila, fumas un cigarro. El silencio del departamento te hace pensar que su alma te pertenece, no sabes lo que harás al llegar, pero estás segura que algo se te ocurrirá. Te colocas el vestido, te miras al espejo, viajas al pasado, recuerdas aquella noche de Junio, la última que estuvo en tu cama, el coito del adiós, la noche que fue de ustedes, aquella en la que su espalda quedó arañada por tus uñas que lo apretaban con fuerza contra tu cuerpo. Esa vez tu cintura se movió con tal fuerza, con tal cadencia, con tanto placer que terminó haciendo corto circuito, le comentaste la imagen y él fue el que la bautizó como "cintura eléctrica". Al día siguiente se fue, tu creíste que para siempre, te ofreció viajar con él, pero fuiste víctima de tu egoísmo, te negaste y el creyó que lo habías dejado de amar. Tres años después regresó pero no te buscó, conoció a cualquier otra mujer que lo arropó y tu no hiciste nada, supiste que había vuelto cuando por accidente lo encontraste en aquel café de Coyoacán que frecuentaban cuando eran una pareja. Platicaron, te enteraste que estaba comprometido y te diste cuenta que seguías amándolo como a nadie. Reaccionas de tus recuerdos cuando notas en el reflejo algunas lágrimas que destrozan tu maquillaje, corres al baño por una toalla, sin embargo se antepone en tu camino el botiquín, sacas de este un pequeño paquete que hacía mucho que no utilizabas, te acercas de nuevo al espejo, sacas del cajón el inhalador y te entregas al olvido, el polvo blanco recorre tus fosas nasales purificando el dolor, te dejas llevar por tus impulsos, tu razón está apagada, el recuerdo de tu maestro no puede borrarse, está pegado al alma como una sanguijuela que te chupa toda la sangre, paso a paso, el dolor se concentra en tu estómago llenando de ruido el departamento que hasta hace unos instantes soplaba únicamente el sonido del silencio.

Te esfuerzas por arreglar el desorden lo antes posible, haz roto con tus hábitos, se te ha hecho tarde, tomas un pequeño bolso y sales hacia el auto, ignoras al conserje y su tercera sonrisa del día, sacas valor de algún lado y aceleras tu carro como nunca antes, recibes insultos de los otros conductores a diferencia de sonrisas y miradas lascivas. Llegas a la iglesia y no encuentras estacionamiento, dejas tu auto en doble fila y bajas con la compostura extraviada, al entrar al recinto te tropiezas y tus tacones resuenan en todo el lugar, todos te han visto llegar. La misa ya ha recorrido varias oraciones e inclusive el sacerdote te ha visto llegar tarde. Buscas un asiento cerca de la puerta, reconoces a la mayoría de los asistentes, cuando eras su pareja lo acompañabas a toda clase de reuniones familiares y lograste cierta amistad con algunos de ellos, tratan de saludarte y sonreírte, no tienen importancia, estás concentrada en aquella espalda hincada en la parte de enfrente que despierta toda clase de deseos y sentimientos. Tu corazón está acelerado, algo te dice que debes ser parte de esta noche inolvidable, quisieras levantarte y hacer por amor una locura que sería mal vista por todos pero que te tranquilizaría. Vamos, nunca te han importado los demás, sólo buscas tu bienestar. Tratas de armarte de valor, pero hay sentimientos encontrados en tu cabeza, algunos asistentes que te han estado mirando comienzan a sospechar tu fechoría, se ponen alerta mientras contemplan lo hermoso de tu cuerpo.

No sabes como pero te haz puesto de pie, todos te miran menos él, caminas por el extremo izquierdo del aposento con el cuerpo resplandeciendo sobre tus pies. Algunos temen, otros se exitan con el momento, te diriges al frente, no hay quien te detenga, eres una diosa, un ángel, te mereces todo lo que quieras, no hay nadie como tú, tus pasos son firmes y seguros, el corazón se te quiere salir del pecho, tu cabeza da vueltas, el ambiente se llena de tensión, casi haz llegado, estás a unos cuantos pasos de impedir o posponer que el amor de tu vida se vaya para siempre, él no te ha mirado, a pesar de tus ruidos, de tu imagen, de tener a todos mirándote, tu hombre no se ha inmutado y ha escuchado al sacerdote como hipnotizado, no ha soltado de la mano a esa masa amorfa que lleva un ridículo vestido blanco y que no tiene una cintura eléctrica, no le ha importado saber si su hermosa diosa ha llegado a impedir la peor estupidez de su vida. Algo detiene tus impulsos, estás casi frente a él y no dejas de contemplar su ausencia, lo conoces tan bien que sabes que está muy feliz, de hecho, más feliz de lo que alguna vez lo viste cuando estaba contigo. Esa felicidad es como un puñal en tu corazón, pero es también como un balde de agua fría sobre tu cabeza. Lo haz perdido, lo dejaste ir y ni tu belleza, ni tu inteligencia, ni tu cuerpo, ni tu vestido que presume tu cintura eléctrica van a darle lo que tiene ahora. Podrías quedarte a compartir su felicidad, ir a la fiesta, raptarlo y hacerle el amor en el baño como en aquellas noches de calor en tu departamento, esperar a que te viera y encender de nuevo una esperanza creyendo que lo que ese hombre quiere es estar contigo, pero no haces nada, todos respiran tranquilos al mirarte caminando hacia la salida, algunos piensan ir en tu consuelo y hacer su noche tratando de hacerte feliz, pero la boda de el maestro es más importante, sales de la iglesia de la misma forma que como entraste, sola.

Justo antes de que tu auto sea remolcado con la grúa, una sonrisa como las que tú sólo sabes hacer convence al policía de dejarte en paz. Ya es noche, ha empezado a llover, manejas por la grande avenida llena de luces y al fin sabes porque amas tanto a ese hombre, descubres porqué es el único por el que eres capaz de ir hasta el fin del mundo, es muy sencillo pero nunca lo habías pensado, lo amas tanto porque es el único que nunca se intimidó cuando estaba frente a ti, un igual que nunca se murió cuando le sonreíste, un extraño ser que te amaba por lo que eras, otro dios como tú que convive con los simples mortales para ser alabados y servidos. Quieres pasar a algún antro a elevar tu ego pero no estás de humor, el fracaso está en todos los rincones de tu alma, ese hombre, el único que se pudo resistir a tus encantos, el maestro que te enseñó a amar, el Prometeo sin cadenas que alguna vez se robó el fuego por ti. A pesar de tus pensamientos te niegas a creer que él es mejor que tú y decides jugar tu última carta, es necesidad saber si aún le importas, desabrochas el cinturón de seguridad, aceleras el carro y bajas la intensidad de los limpiadores. Repasas el plan en tu cabeza, chocas, te accidentas y así el vendrá corriendo a pedirte perdón porque sabe que lo hiciste por él, deja a su esposa, te recuperas y ambos empiezan de nuevo una vida juntos, suena bien, estás dispuesta a correr el riesgo, todo sea por él, el dolor físico no es nada si tu alma está vacía, si tu hogar se siente frío, si tu cama no tiene sus marcas, si no lo tienes para que te prepare el café por las mañanas. Nada importa si no está la única persona que te ha hecho sentir varios orgasmos en una noche, si no está él, tu complemento, tu otra mitad, tu dios, tu maestro. Cierras los ojos al observar al inocente con el que te impactarás, rezas porque no le pase nada, giras el volante repentinamente y el auto se vuelca contigo dentro, tu último pensamiento: él, tu último deseo: no morir para que el plan resulte, tu último recuerdo: aquella noche que bautizó tu cintura.

BRAIN EDITION

1

Hoy es el día de la operación.

Al principio tuve mis dudas. Marta me habló de la preparación, que tenía que tomar leche durante un mes, que mi dieta tenía que contener hierro para que el cerebro pudiera tolerar el chip, que tenía que operarme los ojos para corregir la miopía, que tenía que bajar quince kilos para estar en el peso. Mucho que hacer para una operación que me iba a salir carísima a pesar de ser el yerno de uno de los pocos que tenían la licencia para comercializar la tecnología en el país. Pero luego Marta me habló de los beneficios, de las posibilidades infinitas de tener un disco duro injertado a mi cerebro. Sabía por la televisión que la cirugía era revolucionaria, que en Japón ya está establecido que al nacer los niños y niñas reciban su chip, que en los Estados Unidos se ha elevado el nivel de vida y disminuido los índices delictivos, que en Canadá es un requisito tener la cirugía para aplicar para un permiso de trabajo. Sin embargo no conocía a nadie (sólo a Marta y a su familia) que tuvieran su disco duro, para ellos era algo tan natural que no comentaban nada al respecto, sólo veía a Marta cerrar los ojos y enseguida venía la explicación "Espera, estoy guardando este momento en mi disco duro" o "Espera, estoy desfragmentando mi disco" o en el más extraño de los casos, acompañaba a Marta a la biblioteca, abría un libro, lo tocaba con la palma de la mano y mientras pasaba las hojas me decía "Lo estoy escaneando".

Era como tener una novia extraterrestre, pero en el mundo de Marta, el alienígena era yo. Sentía que me perdía de algo, quería entender a Marta, sentir lo que ella siente, además es preciosa y muy buena en la cama, tanto como para permitir que metan un disco duro en mi cerebro.

2

¡Hola Fernando! Bienvenido al futuro. Gracias por preferir el sistema operativo Windows brain edition para acompañarte por el resto de tu vida. Esta sencilla guía te ayudará a familiarizarte con las sorprendentes características que Windows brain edition tiene para ti en tu nueva vida. Este sistema funciona en tu cerebro como cualquier computadora, en la que guardas tus archivos en carpetas, de acuerdo al paquete que elegiste, tienes un espacio disponible de un terabyte para almacenar recuerdos, lenguajes, conocimientos y todo lo que quieras conservar de tu vida cotidiana, te recordamos que en cualquier momento puedes borrar archivos y carpetas para reemplazarlas por vivencias nuevas. Como cualquier computadora, te recordamos que mantengas tus archivos de manera ordenada para evitar mareos, vértigo o alguna enfermedad mental.

Antes de empezar a utilizar tu disco duro, debes aprender a utilizarlo ¡Es muy sencillo! Al principio deberás utilizar los lentes especiales que se te entregarán una vez que seas dado de alta, posteriormente lo único que deberás hacer para acceder a tus archivos es cerrar los ojos y concentrarte. Fernando ¿deseas acceder a tus archivos ahora? Piensa sí o no. ¡Excelente! Fernando estamos en la carpeta "mis documentos", donde está almacenada tu vida previa hasta el día de ayer. En la carpeta "recuerdos" están almacenados todos tus recuerdos, Windows brain edition te permite salvar tus recuerdos automáticamente, sin embargo el sistema operativo te permite borrar cualquier recuerdo doloroso en tu vida simplemente enviando el recuerdo señalado a la papelera de reciclaje. En la carpeta "Conocimiento" se encuentra todo lo que has aprendido hasta el día de ayer, esta carpeta está dividida en subcarpetas, de manera predeterminada hemos creado las carpetas "idiomas" "valores" "destrezas y habilidades" y "cultura", cualquier conocimiento que quieras adquirir, como aprender el idioma chino o la habilidad papiroflexia por ejemplo, podrás obtenerlo a bajo costo con algún distribuidor autorizado e instalarlo en tu disco duro. Otra de las asombrosas características de tu Windows brain edition, es la posibilidad de comunicarte e intercambiar información con cualquier otro usuario que tenga Windows brain edition instalado en su cerebro vía Bluetooth. ¡Olvídate de la indiscreción! Intercambia música, vivencias y recuerdos simplemente tocando la mano de otro usuario. Otras características de Windows brain edition son: despertador (nunca más llegarás tarde a tus citas importantes, tu cerebro te despertará a la hora que necesites), conexión a internet (checa tu correo electrónico simplemente cerrando los ojos) y programador de sueños (sueña con lo que tú quieras mientras tu Windows brain edition realiza labores de mantenimiento). Estás a un paso de convertirte en un mejor ser humano, te recordamos asistir a las capacitaciones y mantener actualizado tu sistema operativo, bienvenido al futuro, bienvenido al primer día del resto de tu vida.

3

Marta me ayudó mucho los primeros días. Como regalo de "iniciación" me llevó a la tienda de software a escoger el programa que yo quisiera. Escogí un paquete de sueños que incluía: volar, bucear y meditar. Otro día me llevó a una fiesta donde había pura gente con disco duro en el cerebro, muchos de ellos con unas conversaciones muy interesantes por la cantidad de paquetes de cultura que tenían instalados, cuando le pregunté a un señor si podía compartirme su paquete de "los grandes autores de la literatura universal" se negó, cuando le comenté a Marta ella me dijo que nadie compartía su paquetería, no entendí por qué. Ofrecí a cambio mi paquete de sueños, pero ya lo tenían todos, era de los más baratos. En esa fiesta me enteré de la iniciativa de los gobiernos de primer mundo, para implementar la cirugía de cerebro en las cárceles y borrar los archivos que hacían a una persona cometer crímenes, no sin antes enfrentarlos a una pena de un año consecutivo de pesadillas. También escuché de una iniciativa negada a las naciones unidas donde proponían aplicar la cirugía gratuita a todos los ciudadanos del mundo.

Aunque a Marta le encantaba decirle a todos los que conocía que era portadora del disco duro en su cerebro, yo no me sentía cómodo al mencionarlo. Cuando estaba en el trabajo, procuraba ser discreto al momento de subirme información, nadie en la oficina, ni siquiera el gerente de sistemas tenía la cirugía. Eso no impedía que todos hablaran de ella, que todos soñaran con operarse. La gente en las calles se refería a nosotros como "los cyborgs" y muchos grupos conservadores se reunían afuera de las clínicas donde practicaban la cirugía para protestar. Yo disfrutaba compartir con Marta mis archivos. Todo el día me la pasaba pensando en los paquetes que podría adquirir, en las cosas que podría aprender. Decidí ahorrar una parte de mi sueldo para que a finales de cada mes, pudiera comprar un paquete nuevo e intercambiarlo con Marta.

En dos meses logré dominar la transferencia de datos y el despertador. La conexión a internet me costaba trabajo, pero Marta me llevó a una plaza comercial para practicar; nos acercábamos a los restaurantes y cafeterías que tenían servicio de internet inalámbrico gratuito, nos tomábamos de la mano y cerrábamos los ojos, cuando la señal era pobre, teníamos que caminar unos pasos hasta que lográramos una señal decente. Nos veíamos muy chistosos dando pasitos en la plaza con los ojos cerrados. Marta y yo encontramos en la transferencia de datos el amor y la comunicación que no había tenido con otra mujer.

4

Hace dos semanas, en la tienda de software conocí a Mariana. Ella tenía apenas dos semanas de operada, me pidió ayuda para escoger su primer paquete, le ofrecí transferirle el mío de los sueños, pero no se pudo porque ella no tenía Windows brain edition, ella se había operado en una clínica de Apple. Intercambiamos teléfonos a la manera antigua y acordamos tomar café algún día de estos. Guardé el recuerdo en mi disco duro, Mariana decidió comprarse el mismo paquete de sueños que yo, pero para su sistema operativo.

Encontré un puesto en un tianguis que vende software pirata para mi cerebro. Tienen todos los paquetes que siempre quise tener y están muy baratos. Para poder instalarlos en mi disco duro necesito "crackearlos", encontré un artículo que dice que funcionar con un programa crackeado podría provocarme daños mentales. Decidí no arriesgarme.

Esa noche Marta durmió en mi casa. Después de bailar un poco de flamenco, cena con velas y unas cuantas horas de placer nos quedamos dormidos. Al despertar, Marta no estaba en la cama. La encontré en la cocina desayunando, traté de besarla pero evitó mi boca. Le pregunté si había dormido bien y permaneció en silencio, cerré los ojos y busqué en mi "guía para entender a las mujeres" alguna pista, aunque era evidente que estaba enojada por algo. ¿Quién es Mariana?, me preguntó con voz enérgica. Una chava que conocí hoy en la tienda de software, le ofrecí mi paquete de sueños pero tenía otro sistema operativo, después de contestarle entendí que yo no había compartido ese recuerdo con ella. ¿Cómo sabes que conocí a una Mariana? Quería saber que habías hecho hoy y busqué en tus recuerdos. ¿Buscaste en mis recuerdos? No lo hice con mala intención, sólo quería saber lo que habías hecho hoy. ¿Y por qué no me lo preguntaste? Marta permaneció en silencio unos segundos. ¿Esa Mariana es importante para ti? No, claro que no, es una chava con la que tal vez algún día me vaya a tomar un café, eso es todo. ¿Me amas Fernando? Claro que te amo chiquita. ¿Harías algo por mí? Claro que sí, lo que tú quieras Marta. ¿Podrías borrar de tu memoria a esa Mariana?

La borré. Marta era muy importante para mí y no quería que sospechara cosas, menos que mi negativa provocara que Marta espiara mis archivos cuando estuviera dormido.

¡Hola Fernando! Estás en panel de control donde podrás modificar la configuración de tu Windows brain edition, por favor elige una de las opciones. Has elegido restaurar sistema donde podrás recuperar los recuerdos borrados accidentalmente. ¡Advertencia! Restaurar sistema puede provocar mareos y vómitos durante algunos minutos, es recomendable que te relajes y tengas un contenedor cerca de ti. Has elegido continuar, por favor elige el recuerdo que quieras restaurar. Mari~1.mem se recuperará en la carpeta "recuerdos". Mari~1.mem ha sido recuperado en la carpeta, es recomendable que hagas copias de seguridad de tus recuerdos en algún dispositivo (computadora portátil o de escritorio).

Algo había cambiado en Marta, el "diccionario para entender a la mujer" almacenado en mi disco duro decía que todas las parejas pasan por etapas de asentamiento, pero en el caso de Marta parecía algo más. Días después del incidente de Mariana, paseábamos por el parque cuando vimos a un hombre viejo en silla de ruedas pidiendo dinero, me acerqué y le di cinco pesos. Marta se molestó, me dijo que estaba fomentando que ese hombre siguiera de "holgazán" en la calle. A mí no me gusta discutir esos puntos de vista porque nunca se llega a un acuerdo, permanecí en silencio y Marta se fue a su casa en taxi. Más tarde me llamó y me pidió disculpas, sin dar más explicaciones me pidió que borrara el recuerdo de mi disco duro. No lo hice.

Marta me llamó hace cinco días en la madrugada. Estaba llorando. Me pidió que borrara de mi disco duro los recuerdos de mis ex novias. No lo hice.

Hace tres días fuimos a la clínica. Marta tiene un virus en su disco duro que prohíbe el acceso a su carpeta "emociones" y altera los valores de los archivos provocando una constante variación emocional. El virus es nuevo y se transmite por ciber-sexo mental. Marta tiene que permanecer en cuarentena. No tuve tiempo de hablar con ella, no quise pedirle explicaciones, es obvio que me ha sido cibernéticamente infiel durante algún tiempo.

5

Hoy escuché en las noticias que se planea un ataque terrorista a ciudadanos norteamericanos con chip. Recomendaron que todos los habitantes del mundo con disco duro instalen un parche de seguridad que cuesta cien dólares y que se hace con cirugía para evitar problemas. Tendremos que mantener nuestros discos duros apagados hasta nuevo aviso, eso quiere decir que tendré que estar dormido. Se que Marta está mejor, no me ha llamado, no la he llamado. Acordé con Mariana tomar ese prometido café cuando despertemos. Pedí una semana de vacaciones en la oficina para no despertar sospechas. ¡Hola Fernando! Estás a punto de cerrar el sistema, tienes un documento de texto abierto, es recomendable que salves la información antes de apagar el equipo. Cuando el parche quede instalado y Windows brain edition considere que estás a salvo de virus y otras amenazas el equipo se reiniciará automáticamente, el proceso puede durar algunas horas o días. ¿Deseas salvar tu documento antes de cerrar el sistema?

Hoy es el día de la operación.

El archivo brainedition.pdf ha quedado guardado en la carpeta "Mis documentos" Windows brain edition se cerrará.

LA OTRA CONQUISTA

Nos encontramos en el límite de mi reino, yo iba con mis siete generales a la conquista de las tierras que estaban marcadas en mi plan de batalla. Quisiste entrar, no te lo permití. Para mi sorpresa, esperaste varios días, a un lado de la puerta, mi regreso y con este la autorización de entrada. Volví a negarme, tenía miedo de una conquista. Al día siguiente el vigía dio la alerta, regresabas, con todo tu ejército, armado con objetos punzo cortantes y un cañón, tú hasta el frente, con las manos libres y una bandera con tu escudo bien amarrada a la espalda.

Mi ciudad era cerrada, estructura circular para dificultar el acceso, mis generales colocaron a sus tropas en los puntos más débiles, tu ejército rodeó mi primer línea de defensa, se hizo un silencio, desde mi trono, pude observar tus ojos ardientes de pasión, alzaste tu mano queriendo alcanzar el cielo, fue la señal, la guerra había comenzado.

Mis tropas rechazaban con facilidad los ataques de tu ejército, tus armas se estrellaban en mis potentes escudos forjados con la experiencia de guerras pasadas. Tus soldados caían al suelo, indefensos, pero una fuerza que no me explicaba los hacía levantarse y volver a la lucha, nunca se rendían a pesar de que mi defensa los superaba en número. creí tener controlada la situación, nadie había penetrado en mis dominios sin mi consentimiento, te diste cuenta de eso y cambiaste la estrategia. Tus tropas se reagruparon, formaron una línea delante de ti, embistieron en contra de mi defensa y los muros de mi reino, lograron hacer un hueco, uno muy pequeño. Te rodearon mientras tú con tu bandera tallabas el muro para agrandar el hueco, mis soldados se lanzaban con furia contra tu defensa, a golpes patadas y mordidas pudieron ganar el suficiente tiempo para que desaparecieras por el agujero y entraras al fin a mi reino.

Te colaste, eso fue lo fácil. A medida que recorrías los callejones de mi pueblo encontrabas laberintos, puertas cerradas con grandes candados y detrás de ellos uno de mis generales. Venciste al primero, recibiste un disparo en el hombro. Le ganaste al segundo, te clavó un cuchillo en el pie. Luchabas con el tercero y escuchaste los gritos de tus tropas desde fuera, dando su vida para que lograras tu objetivo, el dolor se hizo menos. Tras vencer al cuarto la sangre te brotaba del estómago. El quinto no se inmutó al verte malherido, te desgarró el pecho, pensé que hasta ahí te quedabas, pero tus ojos ardiendo fueron más fuertes, el general quedó tendido en el suelo. Con el sexto ya parecías una piltrafa, aún con las dos flechas atoradas en tu pierna lograste romperle el cuello. Te arrastraste hasta el séptimo, agotado, detrás de él la puerta de mi palacio, se tragó la llave, se burló de ti, te pateó cien veces en el estómago, cuando se marchaba te levantaste y lo abrazaste por detrás, lo apretaste tan fuerte que la llave salió por su boca, lo estrellaste en el muro, tuvo que reconocer su derrota.

Abriste la última puerta, en el centro, nos miramos a los ojos como la primera vez que nos encontramos, te quitaste la bandera con el símbolo ensangrentado, me la diste, te aplaudí, tu sonrisa contrastaba con tu cuerpo sucio y enrojecido, después de varios meses, la batalla había llegado a su final.

Y ahora que tienes mi alma, hazme tuya.

LA IMAGEN ATEMPORAL DE TI, SENTADA EN EL SILLÓN TOMANDO CAFÉ

¿Será que el sentido de la vida es hallarle sentido?

Cuando llegué, ella estaba en el piso, recostada en posición fetal al pie del árbol. Parecía que estaba dormida. Abrazaba nuestra foto, esa del marco que yo siempre le dije que estaba horrible.

Me senté en el piso.Tomé su cuerpo inerte y puse su cabeza en mis piernas. Le acaricié el cabello. No importó cuantas lágrimas mías cayeron sobre su rostro, ella no se despertó.

Me cansé de esperarlo. Hacía mucho frío. Me subí al auto y manejé por la carretera hasta llegar a la zona del árbol. De mi mochila saqué nuestra foto, esa del marco que siempre me dijo que estaba horrible.

Saqué todas las cosas de mi ritual; mi última cena, mi último trago de naranjada mineral, el libro con el último poema que él me iba a leer.

Abrí los ojos. Estaba en la casa y no en el hospital como hubiera querido. Me levanté rápidamente de la cama y la busqué, ella ya no estaba, se había ido sin mi.

Imaginé que me leía el poema, el 12 del espantapájaros de Girondo "se miran, se presienten, se desean..." Estaba segura que llegaría, pero yo no estaba dispuesta a esperarlo, la decisión estaba tomada desde antes de conocerlo.

Me puse lo primero que encontré, me di cuenta que se había llevado las pastillas, me sentí el más estúpido del mundo, quizás nada de esto hubiera pasado si las hubiera escondido. Salí a la calle y me di cuenta que el coche no estaba, no se me ocurrió buscar las llaves, sabía que ella se lo había llevado, me subí al primer taxi que se detuvo.

Al terminar de cenar saqué el frasco de pastillas, me di cuenta que faltaban algunas. Lo entendí todo. ¿Quién soy yo para juzgarlo? Él no sabe lo que es estar en mis zapatos, era obvio que iba a intentar algo así. Me las tomé todas en una sola tanda.

Por más dinero que le ofrecí al chofer no quiso ir más rápido, ni siquiera después de explicarle lo que estaba sucediendo.

Sola vine al mundo, sola me iré. No puedo enojarme contigo esposo mío, te deseo lo mejor, te honro, te agradezco todo lo que hiciste por mi, te amo te amo te amo. Y aunque sé que no lo vas a entender, no importa cuánto tiempo pase, el mayor regalo que me pudiste dar fue dejarme morir sola. Te amo.

Cuando cumplieron 3 meses de relación, él le regaló una "caja de sorpresas" que incluía: una copia de su libro favorito de poemas, transcrito a mano con tinta verde; una botella de vino tinto y 3 papelitos en forma de cheque que decían "vale por lo que tú quieras".

Ella le regaló una foto, la primera que se tomaron, adornada por Un marco café que simulaba ramas de un árbol. le escribió un poema en hojas de papel reciclado y con tinta morada, le dibujo corazones a lo largo de todo su brazo derecho. Cenaron en un restaurante italiano, durmieron abrazados durante toda la noche en casa de él.

A la mañana siguiente, Magnolia abrió los ojos y se descubrió sola en la cama, sintió un vacío, el recuerdo del abandono de su esposo le heló la sangre. ¿Oli? Levantó su cuerpo desnudo de la cama, tomó una sábana y se envolvió en ella simulando una toga. Abrió la puerta, escuchó golpes y ruidos en la cocina. Algo no está bien, lo sabía. Caminó despacio para no hacer ruido, el sonido de sus pies al contacto. Con la alfombra era casi imperceptible. ¿Oli? Silencio ¿Oli? Silencio. Magnolia entró a la cocina casi temblando, su preocupación se transformó en una sonrisa cuando vio a su hombre, luchando con la estufa intentando cocinar para ella. Perdón si hice demasiado ruido, quería sorprenderte con el desayuno en la cama. Ella se sonrojó un poco, a sus 30 años de edad, nadie, ni siquiera en los inicios de su enfermedad le había llevado o tenido siquiera la intención de llevarle el desayuno a la cama. Espera, no des un paso más ¿Te enojaste conmigo Oli? No, es que así con esa sábana como toga pareces una musa, quiero recordarte así, como mi musa. Magnolia no supo que decir, cambió las palabras con un abrazo.

Su primer vale lo canjeó apenas una semana después de haberlos recibido. Oli, quiero usar un vale para que vayamos de día de campo, los dos solitos, a un lugar secreto que quiero que conozcas.

¿Sigo derecho? Si Oli, todo derecho por la carretera hasta donde yo te diga te vas a dar vuelta a la derecha. ¿Aquí? Sí, toma el camino de terracería. ¿Adónde me llevas Magnolia? Ya te dije que a mi lugar secreto y no preguntes es mi vale por lo que yo quiera.

Lo llevó a un lugar que se veía desierto, campo que era decorado por un árbol gigantesco y frondoso. ¿Te gusta? ¿Cómo conoces este lugar tan hermoso? Aquí crecí, bueno no aquí en el árbol, atrás de esa colina estaba mi casa. ¿Estaba? Sip, acá me venía a leer era mi lugar secreto, eres la tercer persona a la que traigo aquí. ¿A tu ex esposo y a quién más? No, a él no, nunca quiso venir. ¿Entonces? Haces muchas preguntas Oli, vente vamos a comer.

Comieron a los pies del árbol, ella se recostó en el estómago de él, que le acariciaba el pelo con su mano. ¿Te puedo preguntar algo Oli? Claro que sí preciosa. ¿Por qué yo? ¿Por qué tú? Si, porqué yo en tu vida y no alguien más. Por favor Magnolia, dime que esta no es una de esas conversaciones en las que tú ya tienes una expectativa de respuesta y si no contesto lo que tú quieres te vas a enojar. No Oli, mi pregunta es auténtica, en serio no sé porqué yo. ¿Y por qué habrías de preguntártelo? Porque yo si sé por qué tú, pero no sé porqué yo en tu vida. ¿Y por qué yo? No seas tramposo, yo te pregunté primero. Pues porque te vi. ¿me viste? Es difícil de explicar Magnolia. Anda, inténtalo. Te vi y lo supe. ¿Así cómo amor a primera vista? No Magnolia claro que no, el amor a primera vista no existe... pero te vi y lo supe. No te entiendo nada Oli. Te digo que es difícil de explicar. ¡Ay ándale explícame, me viste y luego qué! Esa vez, la primera vez que te vi. Que llegaste tarde a la conferencia. Sí, llegué tarde y cuando puse un pie en el salón, de entre cuarenta personas que me estaban esperando a la única que vi fue a ti. Pero me viste porque estaba sentada justo frente a ti, en segunda fila. Sí, ya sé, pero había cuarenta personas y a la única que vi fue a ti y apenas te vi algo se me movió en la panza, te juro que lo primero que pensé fue. ¡Que mujer tan hermosa! No, lo primero que pensé fue "ya valí". "¿Ya valí?" ¿Eso fue lo primero que pensaste Oli?

No puedo, en serio. No quiero ser grosera contigo. Pero no puedo, no tengo tiempo de tener una relación. No puedo Oli, no puedo. Eres muy lindo, pero no puedo. Escuché desde el primer "no puedo", pero nunca te escuché decir "no quiero tener una relación", ¿Es ésta tu manera suave de decirme las cosas para no lastimarme? ¿O es que sí quieres pero crees que no puedes?

¿Oli, qué piensas de la muerte? ¿Por qué me preguntas eso? Es un tema importante para mi. ¿Un tema así como algo de lo que siempre escribes? No, algo así como algo que vivo todos los días. No me asustes Magnolia. No te asusto Oli, tu opinión es importante para mi. ¿Pero por qué? Ay, por favor respóndeme. La muerte, para mi la muerte es el regalo que recibes cuando cumpliste tu misión en esta vida, algo que no hay que temer ni tampoco esperar, algo que es muy triste para todos los que se quedan, no para el que se va. La gente llora en los velorios, siente la ausencia, pero por muy en paz que se encuentre el muerto siempre hay dolor. La muerte de alguien nos confronta con nuestra propia vida y nos recuerda lo egoístas que somos. Le lloramos a alguien que ya no está, pero cuando estaba presente dejamos muchas veces de llamarle siquiera para preguntarle si estaba bien, por que como era parte de nuestra vida, como lo asumíamos parte de nuestro paisaje cotidiano, no sentíamos su ausencia. Cuando alguien muere y asumimos la idea que ya nunca más va a estar con nosotros nos dolemos a nosotros mismos, por egoístas, por sentir que nos han quitado algo y no nos alegramos por que la persona que ha muerto ya está en paz. ¿Por qué sonríes Magnolia?

Oliverio llevó a Magnolia con sus padres, su padre se mostraba contento de que su hijo de treinta y cuatro años finalmente sentara cabeza. Su madre, aún más emocionada, no dejaba de mirar a Magnolia como si fuera una especie de salvadora, alguien que había venido a rescatar a su hijo de la soledad en la que ella creía que su hijo se encontraba. Estaban cenando cuando sucedió. Magnolia acababa de contarle a sus suegros del libro que había terminado de escribir, de la relación que había tenido su abuela con uno de los alcaldes más famosos de Oaxaca, de la muerte de su padre durante el conflicto de maestros a mediados de los ochenta y del cáncer de su madre. Se recargó en la silla, miró al techo sonriendo, pensando que hacía mucho tiempo que no se sentía tan acompañada, volteó a ver a Oli mandándole un beso, Magnolia cayó inerte en el piso como si en aquel beso hubiera dejado su último aliento.

¿Lo ves Oli? ¿Ves por qué no puedo tener una relación? ¿Tú crees que tengo tiempo de amar a alguien si tengo que cuidarme a mi y a mi madre enferma? Magnolia, yo no quiero una relación contigo para que me ames, sino para que ames. Oli, eso se lo estás robando a Jodorowsky. Ya sé, quería que dejaras de pensar un momento en tus problemas y que ocuparas tu mente en otra cosa. Estás loco Oliverio, no puedo hacerme cargo de ti, ya tengo mucha carga conmigo y con mi madre, y tú te mereces a alguien que te dedique el cien por ciento de su tiempo. Yo ya tengo mamá Magnolia, no estoy buscando a alguien que se haga cargo de mi. ¿Entonces qué quieres, para qué insistes en querer estar conmigo? Porque te quiero y quiero que sepas que no tienes que pasar por todo esto tú sola. Bueno gracias, si así es gracias, puedes acompañarme el tiempo que quieras pero no puedo comprometerme contigo. Está bien Magnolia, así será, sin compromisos, sólo que sepas que no tienes porqué pasar por esto tú solita. Está bien Oli y quiero que a ti te quede bien claro que yo no estoy buscando un superhéroe que venga a rescatarme.

Su segundo vale lo canjeó el día que se casaron. El mismo día que una antigua novia de Oliverio se suicidó estrellando su coche. No quiero ir Magnolia, quiero estar contigo en nuestra noche de bodas. Oli, fuiste muy importante para ella, tienes que ir a darle el pésame a su familia. No, no fui importante, ella era una mujer hermosa, tenía muchísimos admiradores, lo único importante que hice en su vida fue ponerle un apodo a su cintura. No quiero saber Oli, pero quiero que vayas. No quiero, quiero estar contigo. ¿Te acuerdas de los vales Oli? No, no me salgas con el asunto de los vales. Aquí dice "vale por lo que tú quieras" y lo que quiero es que vayas al velorio. Vamos un rato y nos regresamos. No, tienes que ir tú solo, es una grosería que me lleves. Es una grosería ir el día de mi boda y dejar a mi esposa sola. Yo siempre he estado sola Oli, vas a estar conmigo por el resto de

mi vida, puedo esperar un día más. Ella ya no me va a esperar. Ricardo Oliverio Martínez García, acabo de usar uno de los vales que me regalaste, cumple tu palabra. Oliverio no entendió qué era lo que Magnolia quería al pedirle que fuera al velorio, pero como lo había hecho desde que la conoció, Oliverio cumplió la voluntad de su ahora esposa.

¿Por qué estás conmigo Oli? Magnolia, me has hecho esa pregunta muchas veces. Es que de verdad no entiendo. ¿Para qué quieres entenderlo? Para estar segura. ¿Segura de qué? De que un día no me vas a abandonar, de que merezco tener a alguien como tú en mi vida. No te voy a abandonar Magnolia, ya nos casamos, te he cuidado en tus recaídas, te amo, te acepto, no te he dejado sola ni un momento ¿qué más necesitas? Nada, lo que necesito no me lo puedes dar. ¿Qué es? Salud Oli, salud para poder tener un matrimonio normal, para tener hijos contigo, para hacerte feliz. ¿Y quién te dijo que no me haces feliz? Si yo estuviera en tu lugar Oli, no sería feliz. Pues yo sí lo soy y tú no eres yo y siempre que me preguntes el porqué estoy contigo te voy a contestar lo mismo. Nunca me contestas nada concreto. Por eso, la que se tiene que convencer eres tú, yo sí estoy convencido. ¿Puedes prometerme algo Oli? Lo que quieras, pero por favor nada que tenga que ver con exnovias. ¿Me prometes que vas a estar listo, cuando sea momento de dejarme ir? Magnolia, todos los días me despierto antes que tú y lo primero que hago es darte un beso en la frente, sentir la temperatura de tu piel y sentir tu respiración cerca de mi boca, me hace cosquillas por cierto, pero eso hago, no porque esté esperando el día que te vayas, sino para agradecer que estás viva un día más, y el día que eso deje de suceder voy a estar listo, no te preocupes por eso, sé que te choca sentirte atada, que con tu dolor es suficiente y que no se lo quieres provocar a alguien más, estaré listo Magnolia, confía en mí. Ella sonrió, le acarició el rostro, le besó los labios. ¿Quieres café Oli? Él le sonrió asintiendo con la cabeza, se levantó a poner un poco de música mientras Magnolia servía el café en un par de tazas moradas. ¿Qué quieres escuchar amor? Pon a Drexler, se me antoja escuchar a Drexler. Ella salió de la cocina hacia la sala, puso la taza de él sobre la mesa de centro, ella se sentó en el sillón con las piernas cruzadas, traía puesto un suéter azul largo que Oliverio le había regalado la semana anterior. Él puso la música y al darse la vuelta y mirar a su esposa se quedó inmóvil, como si el tiempo los hubiera detenido por un instante. ¿Qué pasa Oli? Él la contempló en silencio, ella sujetaba con sus dos manos la taza de café, como si quisiera recibir el calor del brebaje en su cuerpo, su pelo estaba perfectamente acomodado, pero su copete se echaba hacia adelante. Oliverio nunca se lo dijo, pero le encantaba ver el copete largo de Magnolia deslizándose por su rostro. Nada, que eres hermosa y que me encanta verte así, tranquila, disfrutando de estos instantes cotidianos que para cualquier otra pareja pasan desapercibidos, pero que para nosotros son lo mejor que tenemos. Magnolia dejó la taza sobre la mesa, lentamente se levantó y se acercó a su esposo abrazándolo. ¿Bailamos Oli? Él la tomó de la cintura, sus cuerpos se movían al ritmo de la música, se miraban en silencio y los dos sonreían, por un momento no hubo dolor, ni preguntas, ni diálogos que no los llevaban a ninguna parte, sólo ellos dos sin sus problemas, sin el fantasma de la enfermedad de Magnolia. Al terminar la canción, Ella nuevamente lo tomó de las manos. Hay algo que quiero decirte Oli, algo que siempre he querido decirte pero que por miedo nunca lo había hecho. Oliverio trató de disimular, pero ella se percató del temblor de su cuerpo. No tiembles Oli, no es nada malo. No estoy temblando. Sí lo estás. Oliverio iba a decir algo, pero Magnolia interceptó las palabras con otro beso, esta vez más profundo, más intenso, más dedicado hacia él. Te amo Oliverio, nunca te lo había dicho pero te amo te amo te amo te amo. Él permaneció en silencio, hacía mucho tiempo que había dejado de esperar escuchar esas palabras de su amada. Cada "te amo" se fue incrustando frío, en su cuerpo. Te amo Magnolia, aunque jamás me lo hubieras dicho. Lo sé, y justamente por eso te lo digo, te amo Oliverio te amo.

Esa noche algo cambió, Hicieron el amor durante horas, ella no dejaba de abrazarlo, de besarlo, de sentirlo parte de ella, esa noche Magnolia empezó a fluir.

Planearon un viaje con todas las precauciones, llevaban una maleta llena de medicamentos en caso que Magnolia empezara a sentirse mal. Eran tan sólo cinco días, habían logrado ajustar las agendas en el trabajo para poder salir, la intención era llevarse a la madre de Magnolia pero la señora se rehusó rotundamente, ella quería que su hija intentara tener unos días de armonía sin tener que preocuparse. Magnolia estuvo a punto de arrepentirse, pero sus tías se empeñaron en hacerla sentir tranquila. Oliverio estuvo consciente que en cualquier momento su esposa podría arrepentirse y cancelar el viaje. Cuando ella dudaba, él sólo se encargaba de recordarle que no pasaba nada y que podrían cancelar los boletos de avión y el hotel, eso era lo que la hacía funcionar, sentir que él la apoyaba en todas y cada una de sus decisiones.

¿Oli? Dime amor mío. Gracias. ¿De qué? De todo, de hacerme sentir segura, por cuidarme, por llevarme a conocer la tierra de nuestro escritor favorito. Vas a amar Buenos Aires Magnolia, espero de verdad que puedas disfrutar el viaje. Así será Oli. Al llegar a Buenos Aires, Oliverio la llevó a comer y a tomar una copa de vino. Magnolia no dejaba de sorprenderse por los paisajes, bailaron tango en San Telmo y fueron de compras a Palermo, pasearon por la Recoleta y despertaban en Puerto Madero. Conocieron a varios artistas en el barrio de la Boca. Los días que estuvieron allá, visitaban las librerías y jugaban a esconderse entre los estantes de la literatura de Girondo y Borges. Parecía un sueño, era el paraíso. La última noche, mientras cenaban asado, Magnolia habló con Oliverio sobre su tercer vale.

No Magnolia, no, esto no, no puede ser, no. Es mi tercer y último vale Oli y eso es lo que quiero. No, no, no Magnolia no, ahora sí me estás pidiendo demasiado. No Oli, finalmente es algo que eventualmente va a suceder. No no no, no me estás pidiendo esto Magnolia. Sí, te lo estoy pidiendo, bueno, es algo que ya decidí, lo que te estoy pidiendo es que estés conmigo cuando suceda. No no no Magnolia, no entiendo cual es el problema de que suceda naturalmente. Pues justo eso, que no quiero que suceda naturalmente, quiero ser yo la que decida cuando suceda y ya lo decidí, lo que te estoy pidiendo y tengo un vale para hacerlo, es que estés conmigo cuando suceda. Oliverio no dejaba de llevarse las manos al rostro, cerraba los ojos y los apretaba como si quisiera despertar de una pesadilla. ¿Me estás pidiendo que te vea morir, no de causas naturales que sabemos que va a suceder, sino que te vea morir porque tú vas a provocar tu muerte? Sí Oli, eso te estoy pidiendo. ¿Por qué ahorita, por qué decidiste de la nada que vas a inducir tu muerte? Cálmate Oli, no va a ser hoy o mañana, lo planeamos igual que como planeamos este viaje. No Magnolia, no no no entiendo, no quiero, sé que voy a verte morir, pero así no. ¿Qué diferencia hay? Sabes que tarde o temprano me voy a morir, estoy enferma. ¡Pero no así, no porque tú quieres! Oli, desde que nos hicimos pareja sabías que esto iba a pasar. ¡Pero no es lo mismo! Sí lo es Oli, la única diferencia es que ya no vamos a vivir aterrorizados todos los días pensando si hoy es el día que me voy a morir, vamos a saber cuándo y a qué hora y va a ser decidido por mi. Oliverio sintió un agujero en su estómago, sabía que su esposa tenía razón, pero se negaba a la idea de aceptar que ella había decidido, fijado ya una fecha para su muerte. Está bien Magnolia, pero dos cosas. Oli nunca me habías puesto condiciones. No son condiciones, ya te dije que sí, pero quiero saber, tratar de entender porqué en este viaje tan increíble y maravilloso para los dos se te ocurrió que te vas a matar. No es el viaje Oli, ya lo tenía pensado desde hace mucho, incluso desde antes de conocerte, tú me ayudaste a retrasar el acto, y no te lo digo para mal, en serio, muchas gracias, gracias a ti he vivido cosas que jamás me imaginé, pero ya lo tenía decidido y nunca te lo dije directamente, pero todo este tiempo te estuve preparando. Bueno sí, pero ¿por qué decírmelo hoy? Porque en este viaje Oli, entendí finalmente como puedo disfrutar de la vida y decidí que quiero vivir más de esto contigo,

sin tener que preocuparme por el día de mi muerte, y la única forma para dejar de preocuparme por el día de mi muerte es decidiendo yo el día que eso sucederá. Estás loquita Magnolia. ¿Sabes por qué los demás viven su vida sin preocupaciones? Porque no están pensando en su muerte, ni en la muerte de sus seres queridos, viven y en muchos casos desperdician su vida porque no saben cuando les llegará su momento, yo estoy al revés Oli, yo he sabido desde siempre que me voy a morir porque estoy enferma y es justo eso lo que no me deja vivir. Magnolia. No Oli, lo tengo bien claro y eso es lo mismo por lo que no te dejo vivir a ti tampoco. Pero yo te acepté así. Ya sé Oli, por eso, vamos a vivir un rato, sin preocupaciones como los demás, como adolescentes y cuando llegue el momento déjame ir, que habrá sido mi decisión y moriré en paz. Bueno, pues ahí está tu explicación y es muy válida Magnolia. Gracias Oli te amo. Espera, sólo quiero decirte algo más. ¿Qué pasó? La única manera en la que podría soportar verte morir es si yo también me muero. No Oli no no tú no. Sí Magnolia, yo sí y ya lo decidí, estoy de acuerdo con todo lo que dices, pero si es verdad que te crees eso que quieres ser tú la que decida cuando morir, te voy a hacer caso y lo voy a hacer yo también, yo me quiero morir contigo Magnolia. Ella jamás esperó una respuesta así, no sabía si estallar en amor por su marido o golpearlo y odiarlo por el resto de sus días. Magnolia tenía sentimientos encontrados, quizás esto es lo que siempre hubiera querido, que alguien estuviera para ella, morir con ella. O quizás esto es lo último que hubiera querido y la razón por la que nunca se comprometió con alguien, miedo a asumir un compromiso de pareja en la que uno sigue al otro hasta el final. ¿Tenemos un trato Magnolia?

Esa noche, el acto amoroso fue distinto. Mientras sus cuerpos se juntaban y se penetraban nunca dejaron de mirarse a los ojos, sin gemidos, sin gritos de placer, en absoluto silencio. No se hablaron durante las ocho horas de viaje, pero todo el camino permanecieron tomados de las manos. La decisión estaba tomada y aunque pareciera lo contrario, su amor era más fuerte que antes.

Al llegar a su casa, la tía de Magnolia les avisó que su madre había muerto. Los dos tomaron la noticia con mucha calma, sobretodo cuando la tía les dijo que las últimas palabras de la madre de Magnolia habían sido "díganle a mi hija que le agradezco, que es tiempo de que ella empiece a vivir".

¿Oli? Dime amor mío. ¿Crees que mi mamá haya escogido morir cuándo nos fuimos? ¿Por qué piensas eso? Porque mi mamá se sentía muy culpable, de estar enferma, de que yo estuviera enferma, de sentir que yo había desperdiciado mi vida por cuidarla, porque ella no podía cuidarme a mi. ¿Sabes qué creo Magnolia? ¿Qué Oli? Que esto fue un regalo, de ella para ti. ¿Un regalo? Sí, para que pudieras seguir viviendo, para que pasaras el resto de tu vida haciéndote cargo de tu vida y no más de ella. Yo también pienso lo mismo. ¿Magnolia? ¿Qué pasa Oli? ¿Estás segura que quieres seguir con esto de planear tu muerte? Sí Oli, esto no cambia nada, pero si tú ya te... No, no me he arrepentido, sólo preguntaba. Te amo Oli. Te amo Magnolia.

Dos semanas antes de su muerte, Magnolia tuvo otra recaída que la tuvo en cama varios días, estaban en Playa del Carmen paseando por la quinta, habían tomado chocolate con chile y una rebanada de pizza. A pesar de los medicamentos, la presión del nivel del mar hizo que Magnolia se desmayara. Oliverio la llevó al único hospital de la zona, donde la tuvieron conectada al oxígeno. A él no lo dejaron estar todo el tiempo con su esposa, salvo en los horarios de visita. Esos eran los momentos que más odiaba, no poder estar con ella, a su lado, estar sin ella ya no era una opción de vida.

Cuando la dieron de alta, con la cara pálida y demacrada, Magnolia abrazó a Oliverio. Nos quedan dos semanas Oli, quiero que sea donde crecí, a los pies del árbol, tú y yo abrazados. Está bien amor, estoy listo.

Los días pasaron rápido. En dos semanas Magnolia y Oliverio vivieron tantas experiencias como pudieron. Lo cotidiano pasó a ser lo más valioso, había cada vez menos palabras entre los dos, no querían desperdiciar sus últimos días en pláticas. La última noche, después de hacer el amor con las luces prendidas y sin protección, Magnolia rompió el silencio. ¿Oli? Qué pasó amor mío. ¿Por qué yo? Oliverio se rió durante unos segundos. ¿De qué te ríes? De tu pregunta, pensé que nos íbamos a morir sin tener que volver a escuchar esa pregunta. Yo creo que más bien, no me quiero morir sin saber la respuesta. Pero Magnolia, siempre has sabido la respuesta. ¡No es cierto¡ Sí. No Oli, siempre que te pregunto me respondes con evasivas y nunca me das una respuesta concreta. Pues es que la pregunta tiene muchas respuestas. ¿Lo ves? ¿Qué veo? Ahí vas otra vez a no responderme. Magnolia, la respuesta la sabes desde nuestra primera cita, desde que fuimos al parque, el primer domingo. ¿Ah sí? Sí, sólo que no te acuerdas. No, no me acuerdo, se habla de tantas tonterías en las primeras citas y generalmente todas son mentiras. Esto no fue ni tontería ni mentira Magnolia, y aunque no es toda la respuesta, sí es la principal razón por la que estoy contigo. Ya dimeeeeee. ¿Te acuerdas de nuestra primera cita? ¿Te ofendes Oli si te digo que no mucho? No, no me ofendo, entiendo que lo último que querías era conocer a alguien que te viniera a sacar de tu zona de confort. Pues que bueno que no te ofendes por que sí me acuerdo. Si te acordaras no me preguntarías "¿por qué yo?" Cada diez segundos durante estos cinco años. ¿Ya ves? ¡Ya veo qué! ¡Lo estás haciendo de nuevo! ¿Qué? Evadiendo la respuesta, Oliverio ¿será que todos estos años me has engañado y en realidad no sabes el porqué estás conmigo? Claro que lo sé, te lo dije desde la primera vez, pero es muy estúpido, no entenderías. Pruébame. ¿Otra vez, quieres que lo hagamos otra vez? ¡No tontito! Ya me estoy evadiendo otra vez. Sí, Oli. Es que es más bonito tener esta clase de discusiones que discutir que nos vamos a morir mañana. No Oli, no lo pienses, no lo pienses no lo pienses. No lo haré. ¿Ya me vas a decir? ¿Por qué tú? Sí. Porque desde que te vi lo supe, ¿no te dije que lo primero que pensé fue "ya valí"? Sí Oli, eso siempre me lo dices pero nunca me dices porqué lo sabías. ¿Te acuerdas cuando nos conocimos, la primera cita, lo que te respondí cuando me preguntaste en qué era en lo primero que me fijaba cuando veía a una mujer? Me dijiste que en los ojos o en las manos, los hombres siempre responden eso. ¡No, nunca te contesté eso! No, entonces déjame acordar, me dijiste que te las imaginabas de alguna forma, pero en realidad no te presté atención, pensé que estabas queriendo hacerte el interesante. Pues ahí está, si me hubieras puesto atención nos hubiéramos ahorrado quien sabe cuánta saliva en darte explicaciones que no te convencen nunca. ¡Ya Oli dimeeee! Siempre que conocía a una mujer, en lugar de verle el cuerpo, las manos, los ojos, los senos, lo que se te ocurra, lo primero que hacía era imaginármelas sentadas en el sillón de mi casa tomando café. ¿Huh? Te dije que no me ibas a entender. Ándale Oli sígueme explicando. No sé desde cuando, pero así pasaba, me imaginaba a una mujer que me gustara sentada en mi sillón tomando café. ¿Así cómo estoy ahorita? Sí. ¿Así como estaba la primera vez que te dije "te amo"? Sí. Ya entiendo, siempre que estoy sentada en el sillón tomando café me miras de una manera especial. ¿Sí? Sí, es un mirada distinta, de muchísimo amor, pero apenas ahora hago consciencia de ello. Bueno pues ahí está, el gran misterio es una estupidez. No Oli, no lo es, pero sigo sin entender. Pues que a toda mujer que me gustaba me la trataba de imaginar así, como tú te pones todos los días y nunca había podido. ¿En serio? Sí, y esa vez que te vi, cuando pensé "ya valí" fue porque cuando entré al salón y te vi la imagen llegó a mi mente, sin pensarlo, y después mira, cinco años después repites esa imagen una y otra vez y cada vez que lo haces sé, recuerdo y entiendo porqué estoy contigo. Ay Oli. No te estoy diciendo que fue obra del destino que nos conociéramos porque no creo en el destino, pero así pasó, como pasó lo de tu mamá. Oli, que bueno que nunca me lo dijiste. ¿Por qué? Porque si me lo hubieras dicho cuando nos conocimos hubiera estado muerta

de miedo, pensando que estabas ahí por una ilusión y jamás te hubiera dejado entrar. Ya lo sé, por eso nunca te lo dije y nunca fue algo que me aferrara a estar contigo, simplemente era algo que me hacía recordar que me tocaba estar, el tiempo que me tocaba estar y finalmente el tiempo me dio la razón. Oli, nos voy a extrañar mucho. Sí, fue difícil, pero vivimos cosas maravillosas, no me arrepiento ni un segundo de haber estado contigo esposa. Ni yo, es más agradezco que hayas insistido hasta que te dejé entrar, agradezco toda tu paciencia y amor esposo mío. Mañana, antes de morir quiero leerte un poema, quiero que lo escojas muy bien, va a ser el último. Te amo Oli, no te lo digo mucho, pero cuando lo hago en verdad lo siento. Lo sé Magnolia, vamos a dormir, vamos a disfrutar nuestra última noche en la vida. Gracias Oli, gracias por amarme, por aceptarme, por aceptar todo de mi. Buenas noches amor, te voy a abrazar y no te voy a soltar lo que queda de la noche. Sí eso quiero, gracias.

Magnolia se quedó dormida pensando en lo afortunada que era de haber encontrado a alguien que nunca la había dejado sola, y que estaría con ella por el resto de la eternidad.

Oliverio esperó a que su esposa estuviera profundamente dormida. Lentamente se levantó de la cama y fue al baño, del botiquín tomó un puñado de pastillas para dormir. Sin hacer ruido fue hasta la cocina, al pasar por la sala, se quedó contemplando el sillón, el lugar donde su esposa tomaba café todas las mañanas. Se acercó a la foto donde aparecían los dos, la primera que se tomaron y que él siempre pensó que el marco era horrible. Se sirvió un vaso con agua. Titubeó un momento, no estaba seguro si su plan funcionaría, no tenía nada que perder, era su última oportunidad de prolongar la vida de su Magnolia. Se tomó las pastillas, regresó a la cama sin hacer ruido, se quedó dormido pensando si es que el sentido de la vida es hallarle sentido.

LA MUERTE ES UNA FARSA MELODRAMÁTICA

Ayer tuve otro intento de suicidio. Intento como un intento real, no como un intento del que te arrepientes a la mitad y desistes.

Mi cumpleaños número cuarenta y cinco. Nada del otro mundo. Cenar con mis amigos de años. Platicar sobre todas las vivencias que hemos ido acumulando con los años. Hace mucho que dejé de tomar, dejé el alcohol desde el envenenamiento hace veinte años. A diferencia de mis amigos, me siento viejo, quizás sea porque no hay nada que me haga sentir joven. No me la pasé mal, pero siempre es lo mismo, al menos así ha sido durante los últimos diez años. Regresé a mi departamento a ser recibido por nadie. No tengo mascotas, siempre quise un gato pero soy alérgico. No tengo esposa, ni pareja; muchas "ex" de las dos (esposas y parejas). hace mucho que dejé de emocionarme por el enamoramiento. Dejé de creer en el amor. Acepté mi soledad, me gustó estar solo, me gusta estar solo pero hay veces que es insoportable.

Te decía que regresé a mi departamento. Estaba viendo una película de samurais, de esas en las que el héroe tiene una katana y desmembra a todos sus enemigos. Brazos, piernas y cabezas salen volando. De pronto se me ocurrió una idea. Fui a la cocina y tomé un cuchillo, me aseguré que tuviera el filo suficiente, que podría cortar mi piel sin problemas. Pensé que si los samurais, cuando pierden el honor se hacen el harakiri y yo a mis cuarenta y cinco años he perdido todo el honor o el gusto por la vida, así que ¿Por qué no intentar un harakiri? Tomé el cuchillo y lentamente lo fui hundiendo en el estómago. Duele, duele mucho. Te podría asegurar que sentí como el filo iba perforando mis órganos. El dolor me tumbó en el piso, pensé que finalmente iba a morir, pero para mi mala suerte, Karla mi última exesposa llegó sin avisar y me encontró tirado en el piso desangrándome. Su nuevo marido es doctor, fue muy fácil pedir una ambulancia. Acto seguido, aparezco en el hospital con una cicatriz, y ya. Sin estómago perforado, sin tripas de fuera, totalmente sano y sólo con una cicatriz.

Te juro que no estoy loco, puedes pensar que tengo una depresión grave pero te juro que normalmente me siento bien y a gusto y tranquilo, pero a veces, de la nada, algo de mi me dice que intente suicidarme y eso no es lo malo, lo malo es que nunca me sale, siempre pasa algo que lo impide.

Entenderás que como tu terapeuta, puedo recomendar que te internen en un sanatorio. Sí, lo entiendo. Y lo que veo es que tienes una necesidad de hacerte daño, de morirte. Pues no lo creo así, creo que tengo una necesidad a que me pase de verdad algo, pero no me pasa. ¿Te estás tomando los antidepresivos? Sí, todos los días, la dosis que me recomendaste. ¿Y? Nada ningún cambio. Entiende muy bien, este es tu intento de suicidio número diecisiete. No lo sé, perdí la cuenta. Bueno, desde que vienes a mi consultorio van diecisiete. Seguramente estás contando también las veces que estuve a punto de morir pero que yo no tuve que ver. Claro que tuviste que ver, creo que tú provocas eso, tú atraes esas energías. Oye, no me digas eso de las energías, eres mi psicoanalista, no mi chamán. Ya lo sé, pero lo que quiero es que te concentres en tu problema. Mi problema es que intento morirme y no puedo. No, tu problema es que te quieras morir. No me quiero morir, sólo quiero entender porqué no me puedo morir cada vez que lo intento. Pues un día te va a salir y no vas a poder venir a contarme. Pues espero que cuando suceda, haya entendido porqué esta vez sí lo logré. ¿Crees que estás obsesionado con la muerte? No, estoy obsesionado con entender porqué no me puedo morir, tú eres psicoanalista, te gusta el conocimiento, encontrar la causa de las cosas. ¿Y? Si estuvieras en mi lugar ¿No te gustaría saber porqué no puedes morirte?

Mi madre me contó que al nacer tenía un problema fisiológico, ningún doctor sabía que era lo que tenía. Cuando estaba a punto de morir, a los veinte días de nacido, un médico me sujetó y se dio cuenta que estaba desnutrido, algo andaba mal con mi estómago o con una válvula que modera el alimento que pasa a mi interior. Hace cuarenta y cinco años eso era muy raro, dicen que hoy es muy común. El médico dijo que de no haberme hecho la operación ese mismo día, me hubiera muerto de desnutrición. Tuve mucha suerte, mi mamá optó por pensar que había sido obra de Diós.

A los tres años, estábamos en una cena familiar en una casa que tenía una tía en Oaxtepec. No recuerdo porqué tenía unas tijeras en la mano, lo que sí recuerdo es que vi el contacto de luz y saqué la conclusión que si las tijeras tenían dos puntas y el contacto tenía dos orificios, pues las tijeras tenían que estar dentro del contacto. Mi último recuerdo de ese día fue meter las tijeras al contacto y las chispas que salieron. Al día siguiente, ni un rasguño.

Dos años más tarde, estaba jugando en la sala de mi casa. A mi madre le encantaba cubrir los sillones con telas para que no los ensuciara. Tratando de subirme al sillón, me caí con todo y tela y mi cabeza se estrelló con la mesa de centro. Se hizo mil pedazos. Cuando desperté estaba en el hospital, una vez más, los doctores me dijeron que había tenido mucha suerte, ningún vidrio se clavó en ninguna parte de mi rostro o cabeza. Sólo me quedó una cicatriz en la ceja.

Un año después, mi madre salió a la carnicería de enfrente a comprar los ingredientes para la comida. La tienda se veía desde la ventana del departamento, así que se me hizo fácil abrir la ventana y sentarme en ella para saludar a mi madre. Ella me miró a la distancia y soltó lo que tenía en la mano para cruzarse a bajarme de la ventana. Yo me asusté, provocando que me deslizara por la ventana. Mi madre llegó justo a tiempo para sujetarme de la mano, de no haber sido por ella probablemente me hubiera embarrado en el piso, o quizá no.

¿Sigo? Apenas voy en los seis años, imagínate la cantidad de experiencias de ese tipo que he acumulado en cuarenta y cinco años. No, esa es una perspectiva, a todos nos han pasado cosas así, es parte de la vida, lo que pasa es que tú quieres meterlo en un contexto para justificar que tienes una necesidad de retar a la muerte. Creo que una vez la vi. ¿A quién? A la muerte.

Tenía once años. No sé porqué razón pero me dio fiebre. Recuerdo que estaba acostado en la cama de mis padres, delirando. Mi madre trataba de hacerme sentir mejor con trapos mojados con agua fría en la frente. No sé que tanto decía, que era lo que balbuceaba, pero la recuerdo perfecto, sentada a la izquierda, a los pies de la cama, ligeramente separada de mi madre. ¿Estás seguro que no era alguien más? Seguro, era una mujer joven, como de treinta años, vestida de negro, hermosa. ¿Y qué hacía? Nada, sólo me veía y sonreía, no me daba miedo, al contrario, su sonrisa me daba cierta tranquilidad. Yo no sabía quien era y le pregunté a mi madre "¿Mamá, quién es esa señora de negro que está sentada junto a ti?" Mi madre se asustó muchísimo, mi pobre madre, todas las que me tuvo que aguantar cuando era niño. No sé como le hizo, pero así como atravesó la calle a velocidad de la luz para evitar que me cayera, así me bajó la fiebre inmediatamente. Yo sé que estaba delirando, que la fiebre me hizo alucinar, pero su imagen la recuerdo perfectamente. ¿Y la volviste a ver? Jamás, más bien, no que yo recuerde.

Este tipo está loco de remate. Depresivo, sociópata, psicótico, mitómano. Puede tener todas las patologías habidas y por haber. Seguramente todo lo que me cuenta es mentira, aunque claro que en todo el tiempo que lo tengo en terapia nunca he visto un rasgo de mentira en su discurso. Tengo que confirmar sus versiones, unos análisis médicos, una tomografía, saber que está bien de la cabeza y de salud. Aunque tengo que reconocer, que su historia es muy interesante. El tipo que quiere morir y no puede, seguro se la pasa viendo caricaturas y leyendo comics, de ahí saca todas sus historias. Su soledad es muy intensa, pero hay algo en lo que dice, en cómo lo dice que hace muy verosímil lo que me cuenta.

Bien, hasta ahora sólo me has contado de tus experiencias personales con la muerte, pero tengo curiosidad de saber, ¿Cuándo fue tu primer experiencia distante con la muerte? ¿Te refieres a la primera vez que vi a alguien morir o algo así? Sí.

Fue como a los cuatro años. Había una pareja joven que vivía en el edificio, o al menos la historia me la contó mi madre, yo no la recuerdo muy bien. Ellos discutían mucho, un día ella se cansó de las infidelidades de él y decidió suicidarse aventándose por la ventana. Mi madre me contó que yo estaba en mi recámara jugando con mis muñecos cuando se escuchó el golpe. Nosotros vivíamos en el primer piso y ellos en el sexto. El sonido seco me impactó, me asomé por la ventana y la vi, boca arriba estrellada en el piso con el cuerpo cubierto de sangre, tenía los ojos abiertos y parecía que me estaba mirando.

Pasó como un año, un poco después de que rompí la mesa de centro con la frente, regresábamos de los scouts mi madre, mi hermana, mi prima y yo. Íbamos a cenar a un café de chinos que estaba muy cerca del edificio. Al dar la vuelta en una calle, una señora se paró frente al coche pidiendo ayuda. Mi madre se bajó del auto a auxiliar a la señora. Dentro del auto no se escuchaba lo que platicaban, sólo escuchaba que la señora gritaba "¡Está muerta, está muerta!". Recuerdo que yo iba sentado en las piernas de mi prima, ella volteó hacia la banqueta y exclamó un grito de susto y de inmediato me tapó los ojos. Yo quería ver lo que ella había visto así que me moví rápidamente para mirar y ahí estaba, una mujer, nuevamente boca arriba tirada en el piso con un balazo en la cabeza. Mi madre le habló a una patrulla y nos fuimos a cenar.

¿Y qué te provocaron estas dos experiencias? Nada en realidad. No es que me haya detenido a pensar en lo que pasó, o que le haya contado a todos mis amigos lo que vi. Para mí resultaba normal que alguien perdiera la vida, la explicación que me daba mi madre resultaba convincente para mi. ¿Y todo esto sucedió antes del episodio este de fiebre que tuviste donde dices que viste a la señora de negro sentada a los pies de tu cama? Efectivamente. Muy bien, ¿Alguna otra experiencia que tenga que ver con la muerte? ¿Ajena o propia? Como gustes. Pues creo que después de eso vino mi primer intento de suicidio en el laboratorio de química en la secundaria. Si, me contaste de eso, ¿te tomaste unas pastillas que estaban ahí no? Las tomé de la vitrina de compuestos y no me hicieron nada. ¿Y luego vino la etapa en la que "toreabas" coches verdad? Así es. ¿Y qué sentías cuando hacías eso? Nada, no me sentía ni más fregón que los demás ni menos, simplemente lo hacía por que quería hacerlo. ¿No crees que era una especie de reclamo a tus padres porque no te ponían atención? Pues puede ser. Tan es así que lo dejaste de hacer cuando regresaste a vivir a casa de tus padres. Pues si, tienes razón. Y después vino la época en la que empezó a morir gente cercana a ti. Así es, primero fue mi abuela, luego una maestra de la preparatoria, luego mi abuelo. ¿Qué significaron esas muertes para ti? Pues para mi, más allá del dolor que pude sentir, significaron una oportunidad para honrarlos, para hablar en los velorios sobre su vida y obra. ¿Cómo es eso? Sí, en los funerales aquí no se acostumbra, pero en los gringos, la gente muy cercana al difunto se levanta y dice unas palabras y recalca las virtudes del muerto. No aquí no se acostumbra. Yo empecé a ser el que se levantaba a decir esas palabras, nunca lloraba, nunca me dolían las muertes, entendía que era algo que tenía que ser, pero por alguna razón quería ser el que se hablaba a decir verdades de los muertos. ¿Para llamar la atención? No, y no insistas con eso de llamar la atención, entiendo que quieras justificar todo lo que me ha pasado con una necesidad de llamar la atención y crees que más del ochenta por ciento de las cosas que te digo en terapia son historias adornadas para hacerlas interesantes, pero te aseguro que no es así, si crees que todo esto es para calmar mi necesidad de atención y llenar mi soledad, pues entonces creo que voy a tener que buscarme otro terapeuta. No, no estoy diciendo eso, eso lo estás diciendo tú. Por que entiendo en tu discurso que me preguntas si quiero llamar la atención, eso ya lo analicé, esa teoría la descarté hace mucho. Olvida eso ¿puedes seguir con tu relato por favor? No, no, yo sólo quería contarte de mi segundo y tercer intento de suicidio, ver si tienen alguna relación, pero no, creo que por hoy es todo, no me siento bien.

Sí, soy un estúpido. Dejé que mi paciente se diera cuenta de mi teoría y de inmediato la descalificó. Ya sé que tengo que tener más cuidado, pero es que este tipo me fastidia demasiado. Se cree muy inteligente, se cree sus mentiras, cree que es mejor que yo. Disculpa, no quise exaltarme. Sí, lo entiendo. Si esto se empieza a salir de control debo sugerirle que vaya con otro terapeuta. Sí, le sigo recetando antidepresivos y no le veo mejoría, algo estoy haciendo mal. Sí, le pedí los análisis y quedó en traérmelos la siguiente sesión, sólo espero que asista. Su patología está muy clara, sólo necesito un poco más de información. ¿No crees que su historia en verdad es muy interesante? A mí sí me lo parece. Sí, lo entiendo, no puedo engancharme.

Mi segundo intento de suicidio fue en Veracruz, en el mar. Acababa de terminar una relación muy intensa con una mujer mayor que yo, me sentía muy triste, decidí que la mejor forma de morir era ahogado en el mar. Compré un globo para despedirme de ella, le escribí una carta, la até al globo y lo solté. El globo se quedó atorado en un árbol. Era de noche, me cercioré que no me viera nadie, me quité la ropa y empecé a sumergirme en el mar. Sentí como los pulmones se me llenaban de agua salada, perdí el conocimiento o se me acabó el oxígeno, de verdad pensé que me moría. Cuando abrí los ojos, estaba acostado a la orilla del mar, desnudo, me sentía bien, como si me hubiera quedado dormido y no hubiera intentado morirme. ¿Y no viste a nadie? No, no había nadie, me escabullí de regreso a mi hotel. Le dije al recepcionista que me habían robado la ropa y con ella la llave de mi cuarto. Para evitar un escándalo me dieron la llave inmediatamente. ¿Y después de eso no intentaste ahogarte de nuevo? No, verás, eso es lo que me pasa. Después de un intento de suicidio me queda claro que algo o alguien no quiere que muera, que quizás no es mi momento y estoy un rato sin intentarlo otra vez.

Mi tercer intento, fue en mi departamento. Ya vivía solo. Fue después de mi segundo divorcio. Extrañaba mucho a mi exesposa. Esa noche le llamé por teléfono y le dije que quería despedirme de ella antes de tomarme una tanda de pastillas. ¿Las pastillas otra vez? Para mí es la solución más fácil. Ella me rogó que no lo hiciera, se asustó mucho. Después de hablar con ella me tomé un frasco completo, te lo juro. A la mañana siguiente me despertó el teléfono, era ella que me habló para preguntarme si estaba bien. Sólo me dio un dolor de estómago y una cefalea impresionante. Al pensar que yo la estaba manipulando para que regresara conmigo me dejó de hablar. ¿Y por qué le llamaste? Porque en realidad quería despedirme de ella, en realidad quería dejar de vivir, pero otra vez, algo o alguien quería que yo siguiera vivo.

¿Por qué me dijiste la sesión anterior que creías que estos tres acontecimientos tenían relación? Es que esas tres veces, las tres primeras que conscientemente me quise morir, fueron por una mujer. ¿Soledad? Tal vez, en esas tres ocasiones pensaba que mi vida había dejado de tener sentido, por una mujer. ¿Y después? Pues después entendí que mi felicidad no podía depender de que si una mujer me amara o no. Me encerré en mi casa y poco a poco con el paso del tiempo fui aprendiendo a estar solo. ¿Y cómo te fue? Pues en ese tiempo maravilloso, empecé a pensar que era mejor estar solo y vivir mi vida sin la preocupación de compartir mi vida con alguien, pero creo que me pasé un poco. ¿A qué te refieres? A que me empezó a dar asco relacionarme con la gente. Después, cuando dejé de sentirme solo y disfruté de mi soledad empecé a sentirme especial. ¿Cómo? Pues es que yo veía a los demás, tan necesitados de cariño y de cosas frívolas y banales que yo opté por el camino opuesto. Entonces una noche, de la nada, se me ocurrió cortarme las venas. Busqué en internet como hacerlo, preparé todo. Puse mi mano debajo de la llave con agua, hice varios cortes, el agua empezó a hacerse roja, cuando perdí suficiente sangre caí al piso. ¿Y? pues que en esa ocasión nadie me salvó, nadie interrumpió el acto, simplemente me cansé de sangrar. ¿Cómo? Estuve sangrando durante tres días consecutivos. Sé que eso es físicamente imposible pero así fue. Estuve sin comer tres días esperando que se me acabara la sangre y no sucedió. Me puse unas vendas y me paró la hemorragia. No me sentía cansado ni nada, el problema fue limpiar todo el sangrerío de mi departamento. Sólo me quedó una cicatriz. Esto pasó hace once años y fue la primera vez que no quise suicidarme por una mujer. Fui al médico, me hice toda clase de estudios, mi salud estaba perfecta. Cada año me hago estudios y siempre salen iguales.

Creo que no puedes ser más mi paciente. ¿Por qué? Por que no encuentro una razón para que sigas siéndolo. Me parece que estás desperdiciando tu dinero, me parece que tienes un problema grave de mitomanía y creo que lo más fácil sería que escribieras un libro fantástico relatando toda esta clase de mentiras que salen de tu imaginación a estar invirtiendo tu dinero y estarme haciendo perder mi tiempo. ¡Pero yo no le he mentido! Sí, sí y yo también estuve chorreando sangre durante tres días. Lo tengo grabado en video. Esas cosas se pueden manipular muy fácilmente, de verdad, te recomiendo que escribas un libro o mejor aún, que hagas una película o un programa de televisión porque sin duda alguna, tu problema es que tus papás no te pusieron atención y te construiste un personaje fantástico que no puede morir y que vio a la muerte una vez. ¡Ya te dije que no estoy mintiendo! Sí lo estás, te pido que abandones mi consultorio antes de que llame a la policía ¡Te juro que es cierto lo que te estoy diciendo! Vete por favor. Bueno, al menos quédate con los análisis, para que veas que no estoy mal de la cabeza. Me voy a quedar con ellos para ponerte una orden de restricción y no te me acerques más. Te voy a conseguir pruebas, te lo juro. No necesito más pruebas, vete por favor. ¡No! Lo estás haciendo más difícil, si haces una estupidez te van a meter al manicomio, aunque eso sería mejor, así tendrías a todos los locos como espectadores y saciarías tu necesidad. Te voy a conseguir pruebas, te lo juro.

Azotó la puerta. Los dos siguientes días estuve muy nervioso. Cancelé todas mis citas, no quise exponer a mi esposa ni a las niñas, las mandé a la casa de Cuernavaca. ¿Y te sientes mejor? No, no me siento mejor. Me preocupa pensar la razón por la que me enganché tanto con ese paciente, he tratado peores que él y ninguno me ha provocado tanto desprecio, tanta aversión. ¿Qué hay en él que te molesta tanto? No lo sé, quizás sea que durante mucho tiempo le creí sus mentiras, quizás sea que muy en el fondo, me recuerda a mi mismo y como mentía cuando era pequeño para ser aceptado. Hiciste bien en terminar la terapia, fue lo más sano. Sí, yo sé que así fue. Pero la forma no fue la más adecuada, lo dejaste muy vulnerable y con eso te expones a que haga algo en tu contra. Ya lo sé, pero no le tengo miedo. ¿Seguro? No, sí, no, bueno sí, tengo mucho miedo.

Regresé a mi casa en taxi. Dejé el coche en el consultorio para evitar que alguien me siguiera. Mi hogar se sentía tan grande y solitario sin mi esposa y las niñas corriendo alrededor de la sala. Me tomé un calmante, mi cuerpo estaba todo tembloroso. Decidí darme un baño de tina. Apagué el celular, me quité la ropa y calenté el agua. Puse música suave para acompañar mi baño, apenas estaba sintiéndome relajado cuando escuché ladrar a la Tacha. Me levanté rápidamente, me envolví en una toalla y me asomé por la ventana. No era nada. La Tacha estaba jugando con su pelota. Me rasuré, me puse la pijama, me rugió la panza, bajé a la cocina por un vaso con leche. Cuando estaba en la cocina escuché un ruido en la puerta principal, volví a sobresaltarme. Tomé un cuchillo y me acerqué lentamente hacia el lugar donde había escuchado el ruido. Alguien había echado por debajo de la puerta un sobre. Volví a asomarme por la ventana y no había nadie, la Tacha seguía jugando con su pelota. Levanté el sobre, obviamente no tenía remitente. Puse todos los seguros de la puerta y subí a mi recámara con el cuchillo y el sobre. Encendí la televisión, sin romperlo tiré el sobre a la basura. Vi media hora de un partido viejo del Manchester, me levanté y saqué el sobre de la basura, lo puse a mi lado, en el lugar vacío de mi esposa. Me quedé dormido, desperté a los cinco minutos. Abrí el sobre que dentro de él tenía una hoja, un mensaje:

"Mañana, 4pm. Restaurante Etla"

¿Vas a ir? Sí, pero no quiero ir solo. ¿No tienes un amigo policía o algo así? No, pero le voy a decir a mi hermano que me acompañe. ¿Tu hermano?

Es abogado. Bueno, algo es algo. Y está fuerte, seguro le rompe la cara si se quiere pasar de listo. ¿Y por qué simplemente no vas? No puedo, tengo que ir. ¿Tienes que ir? Es que tengo que saber. Ya sabemos que está loco. No, no es eso. ¿Entonces? El lugar. ¿El lugar? Sí, ese restaurante, no sé si es mucha coincidencia. No te entiendo. En ese restaurante yo me veía con Micaela. ¿Quién es Micaela? Micaela es, era mi amante. ¿Tuviste una amante? Sí, pero eso no importa ahora. Claro que importa. ¿Crees que tenga algo que ver? No lo sé, por eso tengo que ir, él no pudo saber que yo me veía con Micaela en ese restaurante. ¿No dices que puede ser casualidad? No lo sé, no sé nada, no puede ser coincidencia, ese restaurante está muy lejos del consultorio, lejos de su casa. ¿Y si no es él el que te quiere ver? ¿Cómo no va a ser él? Pues es que dices que ahí te veías con tu amante. No lo sé, no lo sé, por eso quiero saber. ¿Entonces vas a ir? Sí, al menos tú sabes que voy a ir, si a las siete de la noche no te llamo, entonces llamas a la policía. ¿Y qué se supone que le voy a decir a la policía? Pues que uno de mis pacientes está loco y que cree que no puede morir me citó en ese restaurante. ¿Y no es más fácil que le avises a la policía desde antes? No, no me puedo arriesgar, se puede asustar y si ve a los policías no va a ir y así nunca voy a saber como supo que me veía con Micaela ahí. Escúchate, estás haciendo muchas aseveraciones que no sabes si son ciertas o no. Ya lo sé, pero tengo que ir, tengo que saber. Yo puedo ir contigo. No, eres mi terapeuta y amiga, me basta con que me asegures que si no te llamo a las siete le avises a la policía. Está bien, cuenta conmigo.

¿Y esa fue la última vez que supiste de él? Personalmente sí. Ese mismo día, a las siete en punto me mandó un correo electrónico diciéndome que todo estaba bien, que la cita tenía que ver con algo totalmente ajeno al paciente mentiroso inmortal, que le iba a dar mis datos para que asistiera a terapia conmigo, que me recomendaba que yo lo viera, que había pensado las cosas y que estaba seguro que yo le podía ser de gran ayuda. ¿Y eso fue todo? Me mando en el mismo correo su expediente, copia digital de sus estudios, notas, todo lo relacionado con el paciente. ¿Y no se te ocurrió llamarlo? Lo hice, pero el teléfono me mandaba siempre a buzón. Al día siguiente fui a su casa y no había nadie, ni siquiera la dichosa perra que siempre estaba jugando con su pelota. ¿Y le avisaste a la policía? Por supuesto que no, siento que sus alegatos eran demasiado exagerados y estaba un poco paranoico por todo lo que le había contado su paciente. ¿Y no sospechaste ni nada? Pues al principio pensé que algo tenía que ver. Pero unos días después vi su perfil de facebook y vi fotos recientes de él con su esposa y sus hijas muy contento, su estado decía "Empezando una nueva vida, feliz" ¿Y le pusiste algo? "Me da gusto que estés empezando un nuevo ciclo en tu vida, disfrútalo" ¿Y te contestó algo? Le puso "Me gusta". ¿Y el paciente mentiroso inmortal? Me llamó ayer para agendar una cita, lo veré por primera vez mañana en mi consultorio. ¿Y cómo te sientes al respecto? A diferencia de Godínez, yo me siento especialmente interesada en el caso de este hombre. ¿Y no tienes miedo? Por su puesto que no. Tengo veinte años como terapeuta y nunca me he encontrado con un caso tan fascinante, después de tanto tiempo una se cansa de atender señoras frígidas insatisfechas con su vida. Ya te contaré como me fue.

Me alegra que me haya recibido. Si quiere podemos iniciar desde cero y contarle otra vez toda la historia de mis frustraciones. No, estoy muy pendiente de su caso, puede comenzar diciéndome como se siente hoy. Me siento bien, tranquilo. Ha sido una semana muy productiva en el trabajo, no he sentido el impulso de terminar con mi vida. ¿Sí y a qué se dedica? Creo que si tiene mi expediente sabrá que soy terapeuta, como usted. Sí, si claro, tiene razón, ignore mi pregunta, en su expediente tengo registro de todos los acontecimientos importantes en su vida, de su condición de no "poder morir", pero el doctor Godínez no tiene en ninguno de sus escritos su reacción, así que le pregunto: ¿Cómo se siente quererse morir y no poder hacerlo? Es curioso que me pregunte eso, estuve pensándolo hace unos días. Las primeras veces que intenté suicidarme, por las mujeres en mi vida, me sentí muy afortunado. Después de que uno hace esa clase de estupideces y sobrevive y pasa el tiempo y superas a la persona por la que lo hiciste, te das cuenta que ninguna persona vale más que tu vida. Nadie. Si yo no tuviera esta condición mi vida habría terminado ahí, pero eso de alguna manera te motiva a ser mejor persona, a trabajar contigo mismo. El problema fue como me sentí después, cuando quise desangrarme y me di cuenta que no lo logré. Empecé a sentir mucha curiosidad por mi condición. Me hice pruebas y como no tenía a nadie que dependiera de mi, ninguna razón más fuerte que mi curiosidad para no intentarlo, empecé a probar mis límites y mis alcances con mi propio cuerpo. Leí algunos libros al respecto, pero no hay nada en esos libros que hable de algo siquiera parecido a mi condición. El único lugar donde hay referencia semejante es en la literatura, en las historietas, en la televisión. Pero sé que esos personajes han sido creados por el ser humano como una respuesta a su propio miedo de morir. En una ocasión me quise provocar un paro cardiaco, tuve tres pero ninguno me llevó a la muerte. Lo que los terapeutas a los que les cuento esto no entienden es que para mi esto no es ni una bendición ni una maldición, simplemente es algo que quiero tratar de entender y no volverme loco en el proceso. Por un tiempo creo que me volví codependiente a mi condición. En esa etapa en la que estuve experimentando conmigo, después del intento de desangrado, después del paro cardiaco, pero me di cuenta que me estaba haciendo daño a mi mismo, duele, duele mucho, no emocionalmente, de verdad siento el dolor físico, pero no me muero. Tampoco soy masoquista, no me gusta el dolor, por eso dejé de enamorarme ¿Y sabe doctora? Creo que lo que en verdad quiero es que usted o algún terapeuta me ayude a aceptarlo, a saber que puedo vivir una vida medianamente normal sin preocuparme de mi condición. Pero no puedo, de pronto se me despierta este instinto de hacerme algo y lo hago y no me muero. No quiero pensar que soy inmortal, ya sé que no estoy loco, pero ustedes siempre me tratan como si lo estuviera, todos los colegas que he visto antes de usted me tratan como si lo que me pasara fuera imposible y yo en su lugar pensaría lo mismo. Así que le pido, a usted, que me ayude a lo que le estoy pidiendo y que no haga lo que los anteriores, pasar sus propias frustraciones en mi y ayudarme a aceptar mi condición.

Así que respondiendo a su pregunta, me siento confundido y quisiera encontrar una explicación a lo que me pasa.

¿Y bien? Pues en su discurso dejó muy claro lo que quiere. No quiere llamar la atención, lo que quiere es aceptarse a si mismo. ¿Y su "situación de inmortal"? Creo que ese es nuestro problema, no lo podemos ayudar porque damos por hecho que eso es una mentira y para él eso es algo normal, como si fuera tu ferrari que tienes en tu casa y que nunca sacas. Tener un ferrari no es algo normal. Lo es para ti, porque lo tienes, no lo es para los demás. Mira, qué inteligente me saliste. Por algo soy mujer. Te veo muy interesada por el caso. ¡Lo estoy! Este tipo me va a poner en los primeros planos de la psiquiatría. ¿Ya revisaste sus tomografías? Ya, no tiene nada anormal, ninguna cosa que nos haga sospechar que es mentiroso por mentir, ningún trauma cerebral para pensar que percibe la realidad de otra forma, su cerebro está totalmente sano. ¿Y sabes algo de lo que le pasó a Godínez? No, le he mandado mensajes en facebook y no los contesta, yo creo que el sobre ese que recibió sí tenía algo que ver con su amante. ¿Y el paciente, habla de Godínez? No, soy yo la que le hablo de él y su reacción es enteramente normal, como alguien que está acostumbrado a que lo traten como loco. Es un tipo muy interesante, me metí a su cuenta de facebook a analizar sus publicaciones y sus amigos. ¿Te metiste en la vida personal de un paciente? No, no, lo hice como investigación. ¿Y qué encontraste? Pues publica cosas muy lindas, frases de mucha sabiduría, cosas sobre el amor, superación personal, nada que te hiciera pensar algo anormal. ¿Y sus fotos? Normales, con sus amigos, algunas con sus padres, en unas sale muy guapo. Ten cuidado, recuerda que Godínez perdió la objetividad y se enganchó, no te vayas a enganchar con él pero de otra forma. No seas tonto. No soy tonto, acabas de terminar una relación de años y somos seres humanos. No digas eso, ya te dije que este paciente... el caso es fascinante y nada más.

Entiendo que su relación con las mujeres es importante en su vida. Pues sí. Siento que fui muy bien criado por mis padres, me enseñaron a respetar a la imagen femenina y con el tiempo he ido aprendiendo a aceptar a mis parejas como son. Para mi las mujeres no son un objeto y no busco obtener algo de ellas más que correspondencia y aprendizaje. Cuénteme de su última relación. ¡Uf! ¿Uf? Fue horrible. ¿Horrible? Acababa de divorciarme por tercera vez, la conocí en un club de lectura. ¿Cómo se llamaba? Merlina. Fue una sesión en la que estábamos discutiendo "Rayuela", recuerdo que no me dejaba de ver cada vez que hacía un comentario. Al terminar la sesión me invitó a tomar un café. Fuimos, ella era muy rara ¿rara? es que como que le daba miedo la gente, estaba muy preocupada por que no le fueran a robar su bolsa. ¿Y era bonita? Hermosa, pero rara. Todo el tiempo que estuvimos en el café estaba muy nerviosa, estábamos en un café muy cercano a un parque, pasaban muchos perros y le ladraban. Tuvimos que irnos porque ella ya no aguantaba los nervios. La iba a dejar a su casa pero me pidió que la dejara en el metro. Después volvió a buscarme para que saliéramos, le pregunté de su familia y no me respondía mucho, me dijo que su madre estaba loca y que su padre las había abandonado. Fuimos a comer y al final del día nos besamos. La vi una tercera y última vez, yo quería que fuéramos a mi departamento a ver una película, en serio, eso era lo que yo quería, ella lo entendió distinto y apenas empezamos a verla empezó a besarme y a quitarse la ropa. ¿Y usted qué hizo? Nada, le pedí que se vistiera y que viéramos la película. Ella se sintió expuesta y quiso irse a su casa. La llevé al mismo metro en el que siempre la dejaba. Antes de bajarse del coche me dijo "¿Sabes? Creo que tú naciste para estar solo". No la volví a ver. ¿Y qué crees que quería? No lo sé, supongo que vio en mi alguien que la protegiera, pero yo acababa de divorciarme por tercera vez, no estaba en condiciones de hacerme cargo de ella, con trabajos y puedo hacerme cargo de mi mismo. ¿Y le platicó a ella de su condición? No, no le cuento a nadie de esto, sólo a mis terapeutas. ¿Por qué? Porque nadie me creería, la gente que me conoce y sabe de mis intentos de suicidio me ven como alguien depresivo y ya, nadie anda sospechando que lo que me pasa es algo sobrenatural, a mi mismo me costó mucho trabajo asimilarlo y aún no lo acepto. ¿Esto que me cuenta, su última relación, cuándo fue? Hace como tres meses. ¿Y desde entonces no ha salido con alguien más? No. Llevamos un mes de terapia. Lo sé doctora. No se vaya a sorprender, pero creo que no puede ser más mi paciente. ¿No? No, en cambio, quisiera que se fuera a tomar un café conmigo.

Te dije que tuvieras cuidado. Lo tuve, lo sigo teniendo, esta relación no significa nada. ¿No? Ya te he dicho que no, necesitaba un acercamiento más personal con él, para ayudarlo, para descubrir si es que le hizo algo a Godínez. No me mientas, me dijiste claramente que piensas que lo de Godínez fue por su amante. Bueno, es que quiero saber, quiero ver si es verdad que no puede morir. Me estás asustando, que necesidad de querer descubrir si ese tipo es lo que dice ser. Se llama curiosidad y es algo que todos los terapeutas tenemos a chorros, tú también. Sí, pero yo no voy a exponer mi seguridad sólo para saber si es verdad que existe un tipo así. Pues yo sí, no tengo nada que perder. Sólo asegúrame que es eso y que en realidad no te interesa emocionalmente el tipo. ¿Esto es plática de amigos o diálogo terapeuta-paciente? Lo que tú quieras, pero quiero la verdad. Pues la verdad es que sí me atrae un poquito. ¿Cómo puede atraerte un loquito así? ¿Por qué te volviste terapeuta? Esto no es un juego. Para mí sí lo es. ¿Y qué vas a hacer, vas a intentar matarlo para ver si se desangra o no? Algo por el estilo ¿lo dices en serio? Sí, estuve pensando en algo para comprobarlo. ¿Qué no fuiste tú la que me dijo en terapia que el problema era que le dábamos más importancia al asunto de su supuesta inmortalidad? Sí, pero ya no soy su terapeuta, ahora quiero ser su pareja. Estás igual de loca que Godínez, no sé que tiene ese tipo que enloquece a sus psiquiatras ¿Me vas a apoyar? Quiero que seas su terapeuta. No, no, no y no. Ándale, es importante, así lo abordamos desde los dos frentes. Eso rompe todas las leyes de la ética de la psiquiatría. También ser amante de una de tus pacientes y terapeuta de tu mejor amiga. Touché. Ándale, sé su terapeuta, así vas a tener su punto de vista de lo que haga conmigo y vas a tener mi punto de vista de la situación con lo que yo te cuente. Esto no pinta nada bien. Ándale, hazlo por el bien de la ciencia, si curamos a este tipo imagínate todo lo que podemos aportar. Y tú vas a poder presumir que te tiras a un tipo inmortal. Ya te dije que no es por ahí. Un mes, cuatro sesiones, ese es el tiempo que te doy para que hagamos esta tontería, después de un mes yo me retiro. Está bien, lo que tú digas. Eres una manipuladora. Cállate, que bien que tú también te mueres de curiosidad. Sí, pero recuerda que la curiosidad mató al gato. Nosotros no somos gatos, somos terapeutas.

Pasó a recogerme a mi casa. Me llevó a comer a un restaurante japonés. Me explicó la historia detrás de cada uno de los platillos que pedimos. Tengo que reconocer que es un tipo interesantísimo. Terminando me llevó a la librería, te juro que ha sido la cita más agradable que he tenido. Si caminaba en la sección de arte y abría un libro, él me detallaba la importancia de esa obra y la técnica utilizada por el pintor. En la sección de literatura abría un libro, una página y me leía una frase maravillosa. De pronto él se iba hacia alguna sección y lo veía a lo lejos, su mirada cuando lee, me provocaba una mezcla de ternura y pasión. Por un momento me dieron ganas de agarrármelo a besos a media librería. Le pedí que me recomendara alguno y me compró uno de psicología del color. Mientras tomábamos café me describía lo que el color de mi ropa le proyectaba a los demás. Después fuimos al cine y en las partes más aburridas de la película me decía una broma al oído. Compartimos palomitas, nuestras manos se encontraban en la bolsa y casualmente se rozaban. Ahí quise besarlo de nuevo. Después fuimos a cenar a una pizzería muy agradable. Es un hombre muy caballeroso y de muy buen gusto. En ningún momento me hizo alguna mirada lasciva o alguna insinuación sexual. Hablamos de todo, pero no de su condición. ¿Y le preguntaste si sabía algo de Godínez? No, claro que no, no quería que sospechara nada. ¿Y tu plan? Tú tranquilo, esta fue la primera cita, no puedo ser tan evidente, recuerda que es un tipo muy inteligente, poco a poco. Me preocupas Natalia, de verdad te estás enamorando de este tipo. No, no lo hago, todo es parte del plan, creo que no tiene nada de malo que disfrute mientras me acerco a la meta. ¿Y le diste mis datos para que viniera a terapia? Se me olvidó. ¿Se te olvidó? Es que te digo que no hablamos de eso, me la pasé tan bien que se me olvidó, en serio, no entiendo porqué está solo, para mi es un excelente partido. ¿Algo más que se te haya olvidado decirme? No, bueno si. Te escucho. Cuando me fue a dejar a mi casa lo besé. ¿Lo besaste? Sí, y besa increíble.

Bienvenido, la doctora Natalia me hizo llegar su expediente. ¿Qué tan estrecha es su relación con ella? ¿Por qué me pregunta eso? Pues por lo obvio, tengo una relación con ella y no me sentiría muy a gusto sabiendo que ustedes son amigos. Oiga, no se preocupe, usted es terapeuta, sabe perfecto que uno no involucra estas cosas, por ética profesional. ¿Entonces? La doctora Natalia y yo somos colegas, nada personal, siéntase con la confianza de abrir sus sentimientos conmigo, secreto profesional. Muy bien, entenderá si no me abro mucho al principio, usted es mi tercer terapeuta en menos de dos meses y no ha sido por mi culpa. Sí, lo entiendo perfectamente, no se preocupe, siéntase tranquilo, la doctora Natalia me puso al tanto de la situación y me pasó también las notas que escribió el doctor Godínez sobre usted. ¿El doctor Godínez? Sí, así se llamaba su terapeuta anterior ¿no? ¿Así se llamaba? Sí, bueno así me dijo que se llamaba la doctora Natalia. ¿No lo conocía? No, no, lo dije porque en las notas que me mandó la doctora viene su nombre. Bueno, no importa. ¿No sabía el nombre de su terapeuta? Pues es que no sabía su apellido, yo lo conocía sólo como Alberto. ¿Y por qué dejo de ir a terapia con él? Yo no dejé de ir, el ya no quiso que siguiéramos por la terapia. ¿Por qué? Porque no me creyó. Claro, su condición. ¿Usted me cree doctor? No tengo porqué desconfiar de usted, si usted me dice que eso sucede, yo tengo que aceptar lo que me dice como verdad. ¿Si verdad? Pero bueno, no desperdiciemos más su tiempo, cuénteme como se siente. Pues me siento muy bien, creo que me estoy enamorando otra vez y eso para mi es muy positivo, aunque me preocupa mucho. ¿Qué le preocupa? Pues me preocupa si Natalia me rompe el corazón, aunque siento que con ella puede ser diferente. ¿Diferente? Sí, es que verá, ninguna de mis otras parejas, ni siquiera mis esposas sabían de mi condición, Natalia lo sabe y siento que es mucho más fácil que me acepte. Sí claro eso es muy positivo. Ella decidió salir conmigo, a pesar de saber lo que me pasa, inclusive dejó de ser mi terapeuta para poder hacerlo. Sí, si, claro. Pero le digo que me preocupa, siempre que me enamoro las cosas no salen bien, por eso tengo tantas exesposas. Bueno, es que el problema es que todos iniciamos nuestras relaciones de pareja sin pensar que se puede terminar y eso siempre es una posibilidad. Sí, pero uno nunca deja de anhelar que en esta ocasión sea distinta. Pues si. ¿Sabe doctor? Dígame, Sólo dos de mis relaciones han terminado bien y fueron relaciones muy pasajeras. Lo que pasó con ¿Merlina? Sí, Merlina, una mujer muy extraña, y antes que ella, Fuen, hace muchos años. ¿Fuen? Se llamaba Fuensanta y la conocí en un festival de cine. Curioso. ¿Qué? Que las dos personas con las que ha tenido un final de relación saludable las haya conocido en lugares que le gustan. Sí, curioso. ¿Qué más me dice de Fuensanta? Pues ella tenía un tatuaje en la mano, un ojo, y decía que su padre tenía un tatuaje igual y que a través de ese ojo su padre observaba todo lo que hacía y viceversa. ¿Y le creyó? Pues resultaba difícil de creer. ¿Difícil de creer, así como su condición? Doctor, yo no puedo morirme, pero mi condición puede estar fundamentada en la ciencia, lo que ella me decía era algo totalmente sobrenatural, hay una gran diferencia. ¿Usted no cree en lo sobrenatural? No, si creyera en lo sobrenatural no vendría a terapia, estaría visitando brujas y adivinadoras. A ver, hay algo que no entiendo. Dígame doctor. ¿Si usted no cree en lo sobrenatural, por qué le da tanta importancia a esa experiencia que tuvo cuando era niño, cuando tenía mucha fiebre y vio a la mujer de negro? Porque la muerte no es algo sobrenatural doctor, la muerte es natural y le pasa a todos. Pero ver a una mujer de negro a los pies de su cama podría considerarse como algo sobrenatural ¿no? Pues no se doctor, no se porqué no le creí que su padre podía verla a través de su ojo tatuaje. Continúe por favor. Pues Fuensanta decía que yo era su ángel, que nos habíamos conocido porque yo la iba a salvar. ¿Y la salvó? Nunca supe si lo hice o no, nos vimos muy pocas veces y traté de estar con ella, después ella tuvo que regresarse a su pueblo y no supe más de ella, pero quedamos en buenos términos. ¿Se siente bien? Sí, es sólo que me duele un poco la cabeza. Tranquilo, le doy un analgésico. No, muchas gracias, preferiría irme a descansar.

Tu novio es un mentiroso, un fracasado, finalmente se encontró con alguien que lo descubrió. No le digas fracasado, es un bombón. Será lo que tú quieras pero es un mentiroso ¿ves? Si no te enganchas con tu paciente finalmente llegas a la verdad, se dio cuenta que lo descubrí y de inmediato me dio la vuelta y según él le empezó a doler la cabeza. Le estaba doliendo, cuando llegó a mi casa me pidió unas aspirinas. Bueno, ya puedes dejar en paz tu plan y exponerte a ese loco, ya quedó descubierto, lo voy a tener tres sesiones más y después lo voy a remitir al Fray Bernardino, este tipo no puede andar suelto por la calle y menos si sabe donde vives. No lo hagas. ¿Qué te pasa Natalia, dónde quedó tu fascinación por resolver el caso? No lo hagas, no me importa que sea un mentiroso. ¿Natalia? No te atrevas a ponerle una mano encima. ¿No te das cuenta Natalia? Manipuló a Godínez y lo amenazó para que se fuera, a ti te manipuló para que te enamoraras de él, ese hombre es peligroso y necesita estar internado, lejos de la sociedad. ¿Qué te ha hecho? mentirme. ¿Y tú no le mientes a tus pacientes? ¿No le mientes a tu esposa cada vez que vas a acostarte con la otras viejas? ¿Qué no Godínez también le mentía a su mujer? ¿Y qué vamos a hacer, los voy a internar a ustedes también por mentirosos? ¿No verdad? Porque ustedes mienten para salvar su asqueroso trasero y el miente para que lo quieran, a ver dime, si nos ponemos moralistas ¿Qué mentiras duelen más? ¿Las suyas o las de él? Natalia, no estás pensando bien las cosas, te tiene manipulada. Suéltame, no me toques. Cálmate Natalia, en serio, estás perdiendo toda objetividad. Pues si, porque lo amo y tú no le vas a poner una mano encima ni lo vas a internar. Ay Natalia, sabía que te iba a pasar esto. Y yo sabía que te iba a pasar esto a ti, pinches hombres, apenas saben que existe alguien mejor que ustedes y de inmediato se empiezan a sentir chiquitos, lo mismo le pasó a Godínez, apenas conocen a un hombre mejor que ustedes y se empeñan en aplastarlo, en proyectarle sus pinches complejos de inferioridad. Natalia ya, reacciona. ¡Te dije que no me tocaras! Está bien Natalia, entiendo que estás alterada, has lo que tú quieras, lo único que te pido es que no lo vayas a confrontar y por tu propia seguridad no le digas que lo hemos descubierto, lo digo por tu bien. Está bien, te lo prometo, pero no te atrevas a tratar de internarlo, si lo haces te juro que le cuento a tu mujer todas tus porquerías. Nadie quiere eso Natalia y lo menos que quiero es que nuestra amistad termine por un demente. Ya no digas más, me voy. Como quieras. ¿Sabes Miguel? ¿Qué pasó Natalia? Para que le agarres más coraje, él es mil veces mejor en la cama que tú.

¿Todo bien amor? Sí, estoy un poco cansada eso es todo. ¿Quieres que te lleve a tu casa? No, no te preocupes, a lo mejor con unos besitos se me quita. ¿No verdad? Sí, si, dame otros más. Natalia, a ti te pasa algo, está bien si no me quieres contar, pero si puedo hacer algo por ti o si tiene que ver conmigo estaría genial que me contaras para poder ayudarte. No, ahora no, por favor no me preguntes. Está bien. Natalia cerró los ojos, mientras veía la película se quedó dormida unos minutos. Cuando abrió los ojos, su novio ya no estaba a su lado. Se levantó asustada, caminó muy despacio tratando de no hacer ruido, escuchó a su novio en la cocina. Se detuvo en la puerta, espiaba a su novio que buscaba algo en el cajón de los cuchillos. Sonó el celular de Natalia, soltó un pequeño grito, él se dio la vuelta con un cuchillo en la mano ¿Qué haces? Ya te despertaste, perdón Natalia, no quise hacer ruido. ¿Qué haces con ese cuchillo en la mano? Está sonando tu celular. ¿Qué haces con ese cuchillo en la mano? Pues lo que se hace con los cuchillos. Se hizo a un lado y le mostró a Natalia las naranjas que iba a partir. Te iba a preparar un juguito para sorprenderte mañana. Natalia respiró aliviada. ¿Qué te pasa hoy, estás segura que no quieres que te lleve a tu casa? No, discúlpame, soy una tonta. El teléfono sonó de nuevo. ¿No vas a contestar? Sí, pero acompáñame a la recámara. ¿No quieres juguito para mañana? Se acercó rápidamente hacia él, le quitó el cuchillo de la mano y lo regresó al cajón. No, ahorita no, mañana me lo preparas. Lo tomó de la mano y lo llevó a la habitación, el celular no paraba de sonar. Natalia vio el número de donde la llamaban "Casa Miguel", dudó un momento, presionó el botón para que dejara de sonar. ¿No vas a contestar? No, es del trabajo, le he dicho mil veces a la secretaria que me deje de llamar tarde, mañana le contesto. El celular volvió a sonar "Casa Miguel" parpadeo "Casa Miguel" parpadeo. Natalia apagó el teléfono. Ya, ya, ya lo apagué. Natalia, en serio, estás muy rara, ya te dije que te llevo a tu casa o si de plano no quieres que te lleve te pido un taxi. ¿Por qué no habría de querer que me lleves? No sé, te siento muy nerviosa. No, no lo estoy. Se echó de un salto en la cama, dejó el celular sobre el buró y le mandó un beso a su novio. Ven ándale, vamos a seguir viendo la peli.

Él se acostó junto a ella dejando un ligero espacio entre ellos. Ven acércate no te voy a morder. Me puse lejos para que tú veas que yo no te voy a morder. Ya, deja de estar de paranoico, lo que me pasa no tiene nada que ver contigo. ¿Entonces sí te pasa algo? Shhhh no me dejas oir. Vieron la película en silencio durante veinte minutos, Natalia estaba muy incómoda, él sintió su incomodidad. ¿Adónde vas? Al baño, me comí unos tacos en la calle y como que no me cayeron muy bien. ¿Quieres que pause la película? No Natalia, no te preocupes, seguramente me voy a tardar un poquito. Él se levantó de la cama y salió de la habitación. Ella esperó a escuchar el sonido de la puerta del baño cerrándose. Rápidamente prendió su celular, cuando el teléfono captó la señal emitió un sonido notificándole a Natalia que tenía tres mensajes de voz del número "Casa Miguel". "Mensaje recibido hoy, a las 8:35pm. Hola Natalia, soy Aurora la esposa de Miguel. Te llamaba para preguntarte si sabías algo del vago de mi marido porque siempre llega a las 7 de trabajar y no llega, me dijo que iba a estar contigo, si sabes algo llámame por favor. Gracias y buenas noches". "Mensaje recibido hoy, a las 9:00 pm. Natalia, soy yo Aurora, ojalá te puedas comunicar conmigo, fíjate que no he parado de llamar a Miguel y su teléfono me manda a buzón, así como el tuyo, estoy un poquito preocupada, gracias". "Mensaje recibido hoy, a las 9:05 pm. Natalia, contéstame, estoy muy preocupada, me acaban de llamar del teléfono de Miguel, unos tipos que se encontraron el celular en la basura, estoy muy preocupada, si estás con él llámame por favor". Natalia sintió un hueco en el estómago, su corazón se aceleró más cuando escuchó el sonido de la cadena del retrete. Su primer instinto fue esconderse debajo de la cama. Él salió del baño y se sorprendió al no encontrar a su novia en la habitación, fue a buscarla a la cocina, se asomó por la ventana, se dirigió una vez más a la habitación y vio el teléfono de Natalia sobre la cama. Se sentó de espaldas a la puerta con el teléfono en la mano y revisó las llamadas perdidas. Natalia aprovechó la situación y salió arrastrándose lentamente por el piso sin hacer ruido. Él escuchó los mensajes de la esposa de Miguel. Natalia se levantó y fue a la cocina, abrió el cajón de los cuchillos y sacó el más grande. Él borró los mensajes. Natalia salió rápidamente de la cocina y trató de abrir la puerta, estaba cerrada con triple llave. Él escuchó los ruidos de la puerta, se levantó de la cama. Natalia trató de tomar las llaves con su mano desocupada, pero el temblor de sus manos provocó que cayeran al piso. Él llegó a la sala. ¿Natalia? ¿Qué le hiciste a Miguel? ¿Qué haces con ese cuchillo en la mano? ¡No te me acerques! ¿Te quieres ir? ¿Qué le hiciste a Miguel? ¿A Miguel, el terapeuta? ¡Sabes perfectamente quien es Miguel! Natalia, estás muy nerviosa, baja ese cuchillo te vas a lastimar, anda, préstame las llaves te llevo a tu casa. ¡Aléjate de mi psicópata! Natalia, ni siquiera puedes abrir la puerta de los nervios, anda ven, vamos a la habitación, te doy un calmante. ¡No, déjame, me quiero ir, déjame, déjame! Natalia yo no te he hecho nada, déjame ayudarte. ¡Que no te me acerques! Apenas se acercó, Natalia cerró los ojos y ondeó el cuchillo en el aire, alcanzó a hacerle un gran corte en el cuello. ¡Déjame déjame déjame! Natalia seguía dando cuchilladas con los ojos cerrados, mientras gritaba y lloraba, sentía como perforaba en distintas zonas el cuerpo de su novio, cuyo cuerpo emitió un sonido hueco al estrellarse en el piso. Sin parar de llorar soltó el cuchillo, se miró los brazos que estaban llenos de sangre, se llevó las manos al rostro y se recogió el cabello, su llanto era silencioso.

Pasaron tres minutos. El cuerpo de él seguía inerte. Natalia lo tomó de la mano para tomarle el pulso. Nada. Lo abrazó, lloró un poco más. La alfombra comenzó a teñirse de rojo. Natalia se levantó y tomó su celular, llamó a la casa de Miguel, nadie contestó. Sin dejar de llorar tomó las llaves y lentamente quitó los tres cerrojos. Buscó las llaves del auto, las encontró en un saco de él que ya estaba colgado en el ropero. Miró nuevamente el cuerpo de su novio, sin movimiento. Tomó el cuchillo y lo metió en su bolsa de mano. Eres un mentiroso Emanuel, por un momento llegué a creerte y para que te lo lleves a la tumba, Miguel es mil veces mejor en la cama que tú.

Cuando Emanuel abrió los ojos ya era de día. Su alfombra estaba teñida de su propia sangre, le ardía el cuello por la herida abierta. Hizo un esfuerzo para levantarse, sus pies estaban débiles. Se dirigió al baño, sacó del botiquín unas vendas y envolvió las heridas abiertas. Las selló con microporo para parar la hemorragia. La alfombra mojada de sangre estaba muy pesada, pensó que el fin de semana que recibiera su sueldo iría a comprar una nueva. Entró a su recámara, la hemorragia se había detenido se sorprendió al encontrar sobre la cama un sobre.

"Mañana, 4pm. Restaurante Etla"

Supuso que la nota era de Natalia, no estaba enojado con ella, la amaba, la aceptaba, entendía que tuviera miedo y que haya querido comprobar si lo que decía era cierto. Se metió a bañar, las heridas le dolían un poco. Se rasuró, se vistió, escogió una bufanda de su agrado para esconder la venda de su cuello. Prendió la computadora para buscar en un mapa dónde se encontraba el restaurante "Etla". Buscó las llaves de su auto, al no encontrarlas sacó de un cajón las llaves de repuesto. Aún era temprano, le daba tiempo de pasar al consultorio de Natalia y de ahí irse juntos al restaurante. No había nadie en el consultorio. Tomó un taxi hacia el consultorio de Miguel. Cerrado con las luces apagadas. Tomó otro taxi para casa de Natalia. Al llegar vio su propio auto estacionado afuera. Tocó el timbre del departamento. Nadie abrió. Dudó en subirse a su auto, pensó que Natalia podría utilizarlo. Después se convenció que eso le daría una señal a su novia de que seguía vivo. Se subió a su auto, se percató que olía a una extraña mezcla del olor de su sangre, el perfume de Natalia y cloro. Estaba limpio. Encendió el motor y se dirigió hacia el restaurante. Faltaban diez minutos para las cuatro, el restaurante estaba casi vacío. No había rastros de Natalia o de alguien comiendo solo. Pidió la mesa del fondo. Se sentó de espaldas a la puerta. Mientras esperaba pidió una naranjada mineral.

¡Hola precioso! Emanuel sintió un escalofrío, al darse la vuelta una mujer que no conocía estaba frente a su mesa. ¿Disculpa? Dije hola precioso. ¿Nos conocemos? La mujer soltó una carcajada. Nos conocemos de toda la vida precioso. La mujer se veía varios años menor que Emanuel, vestía una playera y pantalón apretados, color negro. ¿Me puedo sentar? Él no dejaba de mirarla, y aunque le parecía una mujer hermosa, no podía dejar de sentir cierto vacío en el estómago. ¿Cómo me veo? ¿Perdón? Mi aspecto, lo estuve escogiendo durante meses, sólo para ti precioso. Perdona, eres una mujer muy hermosa, pero creo que me confundes y yo estoy esperando a alguien y no me gustaría que vaya a pensar mal si me ve contigo. Natalia no va a venir precioso, ahorita está muy muy lejos, atravesando el océano con rumbo a España. ¿Ella te mandó? Ay Emanuel, me encantas, eres muy inteligente pero a veces eres un ingenuo, aunque claro, eso es parte de tu encanto. Se acercó el mesero. ¿Están listos para ordenar? Emanuel miró a la mujer cediéndole el turno. Gracias precioso eres todo un caballero ¿Me puede traer un plato de espárragos al vapor? ¿Y de tomar? Una copa de anís por favor. ¿Y para el caballero? La mujer se adelantó a Emanuel. Déjame sorprenderte, al caballero tráigale por favor una milanesa con papas y de tomar una copa de sangría. Emanuel la miró asombrado. ¿Está usted de acuerdo caballero? Sí, sí, tráigame lo que pidió la señorita por favor. ¿Cómo supiste lo que iba a pedir de comer? No es que te leyera la mente precioso, es tu comida favorita y cuando vas a un restaurante nuevo no desperdicias la oportunidad de pedirlo. ¿Quién eres? ¿Sabías que los espárragos y el anís son afrodisiacos? Me encanta sentir como la comida me pone caliente sin darme cuenta. Emanuel puso ambas manos sobre la mesa, estaba muy confundido. ¿Quién eres? Ay precioso, insisto, como si no lo supieras ¿Quién más puedo ser? No, no puedes ser ella, ella no es una persona, es una condición del ser humano. La mujer soltó otra carcajada. Ay precioso, eres una farsa melodramática, para ser un tipo que no puede morir eres demasiado escéptico. ¿Qué quieres? Muy bien, esa es una pregunta más inteligente. ¿Qué quieres? Vine a darte tres regalos, así como genio de la lámpara nada más que estos no son deseos, son regalos. ¿Por qué? Esa es una de las razones por las que te amo, por preguntón, no hay nada más sensual que un hombre que se cuestiona su existencia y todo lo que le rodea. ¿me amas? Que si te amo, te he amado desde siempre, si no porqué molestarme en venir a aparecerme frente a ti, claro que te amo tontito. ¿Cómo puede algo como tú, si es que eres "algo" amar a un ser humano? Qué hermoso que me preguntes eso, justo por eso te amo, porque eres único, especial, cualquier otro tarado ya se hubiera ido corriendo. No quiero irme, tengo muchas preguntas y al parecer tú tienes todas las respuestas. ¡Ese es uno de los regalos que te traigo! Ya estás bastante grandecito para saber todo sobre lo que te has preguntado toda tu vida, pero como bien lo has aprendido en tus cuarenta y cinco años de pulular por la tierra, nada es gratis precioso. ¿Qué quieres, mi alma? la mujer soltó una carcajada. No, tu alma es mía desde que tenías ocho años, aquella vez que me viste por primera vez, a los pies de tu cama. Digamos que lo que quiero de ti es algo más carnal. ¿Qué quieres? Un beso por respuesta, pero no cualquier beso, un beso como el que me diste hace unos meses. ¿De qué hablas? No, no, no seas tramposito, quieres respuesta dame beso. Emanuel se sentía ridículo, a pesar de todo lo que había vivido, le resultaba muy difícil aceptar que la muerte le estuviera negociando besos a cambio de respuestas. ¿Por qué quieres que te bese? No, beso igual a respuesta. Emanuel se levantó de su silla, ella se levantó también y lo abrazó, le clavó las uñas en la espalda, se besaron durante unos segundos ante la mirada atónita de los otros que estaban en el restaurante, Emanuel se separó, volvió a sentarse. Es que eres maravilloso, tus besos emborrachan, estuve meses esperando sentir esto otra vez. ¿Cuándo? Cuando conociste a Merlina, YO era Merlina. ¿Tú eras la mujer que fue conmigo a mi casa y se empezó a desvestir apenas puse la película? Te diría que me dieras otro beso para esa respuesta, pero esta es gratis. Sí, era yo. ¿Pero cómo, por qué para qué? Ahora sí ya no entiendo nada. Tranquilo vaquero inmortal, esas son muchas preguntas, la respuesta no te va a costar un beso, te va a costar que me metas mano por abajo de la mesa. ¿Para qué, por qué? Porque quiero, porque puedo, porque me da la gana porque tengo las respuestas a todas tus preguntas y porque te amo. Y esa respuesta también fue gratis. Emanuel miró a su alrededor, el restaurante se había quedado vacío, lentamente tocó las piernas de la mujer que cerró los ojos, antes de llegar a la entrepierna se detuvo. Ella abrió los ojos. ¿Por qué te detienes? No me detuve, terminé de hacer lo que me pediste, te metí mano, pero nunca aclaraste qué tanto. Ella soltó otra carcajada. Te amo, te amo, te amo, eres precioso, ya estás aprendiendo a jugar. Me debes una respuesta. He estado a tu lado casi toda tu vida precioso, desde aquella vez que me llamaste para platicar contigo, a los pies de tu cama. Estaba delirando, tenía treinta y nueve grados de temperatura, y no te llamé. Lo hiciste y me tomé la molestia de venir a verte porque cuando alguien está a punto de morir, siempre le habla a Diós, o al santo de su preferencia, pero tú me llamaste a mi. No recuerdo haberlo hecho. Claro que no lo recuerdas precioso, estabas delirando. Estabas acostado, estabas a punto de morir, pero no tenías miedo, a tus ocho años querías entender qué era lo que te estaba pasando, pensaste: "Quiero saber porqué, quiero que la muerte me explique porqué" y aparecí, me viste y le preguntaste a tu madre quién era yo, tu madre se asustó y salió a llamarle por teléfono a tu padre. Mientras eso sucedía platicamos y yo te decía "no tengas miedo" y tú me decías "no te tengo miedo, sólo quiero saber por qué". A partir de ese momento supe que eras alguien único, que te quería vivo para ver y conocer el mundo a través de tus ojitos preciosos y especiales. Te bajé la fiebre, seguiste creciendo, conociste el amor, te rompieron el corazón miles de veces y cada vez que intentabas morir yo lo impedía, estuve esperando muchos años para que estuvieras listo para conocerme. Hubo una vez, cuando te divorciaste por segunda vez, que te veía tan solo, tan vulnerable, que quise darte una alegría, que supieras que nunca has estado solo, que siempre has estado conmigo, me busqué una imagen, alguien que te gustara tanto como para atreverte a conocerme. Fuen. Sí, me metí al cine y me senté junto a ti ¿Recuerdas el beso tan hermoso que nos dimos? Y después, cuando me tomaste de las manos, de verdad eras como un ángel para mi precioso, gracias a ti puedo creer en esta asquerosa humanidad. No tengo permitido ser humana por mucho tiempo así que me tuve que ir. Y cuando te vi, después de tu tercer matrimonio, hace unos meses, cuando decidiste que aprenderías a estar solo volví. ¿Merlina? ¡Sí! Pero todo salió mal precioso, me dejé llevar por la emoción y la pasión humana, estaba tan orgullosa y emocionada por ti que quería venir a tocarte de nuevo, quería tenerte dentro de mi cuerpo humano, saber que se siente ese acto que todos hacen de tantas formas y por razones tan distintas, pero me emocioné demasiado, tú ya habías crecido, me hiciste sentir muy mal precioso ¿Sabes lo que significa que un miserable pero precioso ser humano haga sentir mal a la muerte?

El mesero llegó con los platillos. Buen provecho precioso. Emanuel no contestó, ni siquiera volteó a mirarla. No sé porqué estás molesto, no te imaginas los cientos de miles de humanos que están enamorados de mi, yo los aborrezco, los humanos me dan asco menos tú. Y ya sé que tienes muchas preguntas, pero yo no tengo mucho tiempo y quiero darte los dos regalos que te faltan, así que te ofrezco tres respuestas más, lo único que quiero es que me dejes tocarte mientras las haces. Emanuel asintió con la cabeza, le resultaba menos conflictivo ser tocado por la muerte que ser él el que tuviera que tocarla. ¿Por qué apareciste hoy? Muy bien, el caballero precioso acaba de hacer una de sus tres preguntas restantes. Aparecí porque ya estabas listo para saber la verdad. No sabes todo lo que tus tres últimos terapeutas decían a tus espaldas precioso. Pobrecito Godínez, tan frustrado, tan cobarde, lo único que necesité fue amenazarlo con sacar a la luz sus porquerías para que saliera corriendo. Y la otra bruja, Natalia, estúpida, ella empezó a amarte precioso, pero sus mismos miedos la traicionaron, imagínate, nunca te creyó, nunca te aceptó totalmente, pobre tontita, al creer que te había matado se escapó a España, esa mujer no te merecía precioso, ninguna, sólo yo. Mira como te dejo esa tarada el cuello, todo fileteado. ¿Te gusta que te toque? La verdad no, pero si eso quieres para darme las respuestas, que por cierto no has terminado de contestar. Precioso, eres maravilloso, amo que seas tan natural, amo que no me tengas miedo ¿Por qué hoy? Porque esa tonta te lastimó, nunca nadie había intentado hacerte daño hermoso, sólo tú. ¿Te imaginas lo que hubiera pasado si ella descubre que yo te salvo? Lo que ellos no entienden es que lo que te hace especial no es que no puedas morir, ni siquiera que la muerte esté enamorada de ti, lo que te hace especial precioso, es quien eres, tu manera de vivir la vida. Tenía que ser hoy porque creo que ya estás listo, por eso te traje tus regalos. ¿Cuáles son mis regalos? ¡Y el precioso acaba de desperdiciar una pregunta y ya sólo le queda una! Por cierto, estos espárragos están deliciosos. Tres regalos precioso, uno por cada vez que te he visto. el primero, ya te lo dije, es la verdad, que sepas como ya lo sabes la causa de tu condición. Tu segundo regalo es una tarde de placer conmigo, tú y yo solitos, en el hotel más caro, en la cama más cómoda, conmigo en la imagen de la mujer de tus sueños. Mientras más hablaba más preguntas surgían en la cabeza de Emanuel, sabía que tenía que escoger sabiamente lo que diría después, pero entendió, quiso entender que si la muerte en verdad estaba enamorado de él, no habría nada que no pudiera obtener de ella. Me falta que me digas un regalo, pero antes de que te aproveches, quiero hacer mi tercer pregunta. Me parece perfecto, tenemos prisa, me urge tenerte dentro de mi. Merlina, o tú o como sea, la última vez que nos vimos me dijo que yo había nacido para estar solo, la pregunta es ¿Tú tuviste algo que ver en todas mis relaciones para que todo terminara mal? ¡Precioso! Si pudiera llorar lo haría, que bonita pregunta, aunque me hubiera gustado hacer algo para que todas esas viejas no te hubieran tocado y besado y compartido contigo tantas noches, aunque me hubiera gustado intervenir para dejarte para mi solita, tengo que decirte que no. Eso lo has hecho tú, estás "solo" por elección, tu has puesto las causas para que tus relaciones no hayan funcionado. Pero no te pongas triste, eso es algo por lo que te amo tanto, porque en algún punto decidiste no echar raíces, te gusta construir y has construido la vida que has querido. Pero me he intentado morir muchas veces. Sólo tres precioso, sólo tres importan, las otras fueron por pura curiosidad, las otras tres fueron porque no te hallabas en el mundo y ¿sabes? en esas tres yo no te salvé; las pastillas, el mar, yo no hice nada, fuiste tú solito el que se salvó, yo no tuve nada que ver. Y eso hizo que te amara más. Tú entiendes que las decisiones que tomas en tu vida son responsabilidad tuya, tú no culpas a nadie, no le reclamas a nadie, para bien o para mal sabes que estás donde estás porque así lo has querido, por eso te amo, por eso no me tienes miedo, porque sabes que serán tus actos, tus decisiones las que te lleven finalmente a morir. ¿Me estás diciendo que cuando intenté suicidarme, después de mis relaciones fallidas yo fui el que hizo algo para no morirse? Entendiste muy bien precioso. ¿Me estás diciendo que el día que realmente me quiera morir va a suceder? ¿Ya no me vas a salvar? Precioso, se te acabaron tus respuestas, pide la cuenta y vamos al hotel. Yo te invito. No, yo pago y vamos a mi departamento.

No hablaron en todo el trayecto. Emanuel, se limitó a manejar y a mirar hacia adelante. Al llegar le abrió la puerta, ella lo tomó del brazo. La invitó a pasar. Se sentaron en el sillón, ella le tomó la mano. ¿Cual es mi tercer regalo? Y no me digas que se me acabaron las respuestas, esa pregunta ya te la había hecho y nunca respondiste. Ella sonrió, lentamente le quitó la bufanda y la puso sobre la mesa de centro. ¿Si yo te pudiera dar algo, qué quisieras precioso? Quiero mi libertad.¿Qué? Mi libertad, quiero que me dejes vivir la vida que yo quiero, que no intervengas, que me dejes de amar y te busques a otro. Precioso, no me hagas bromas que me queda poco tiempo. No es broma. ¿Pero por qué quieres eso? Puedes tenerme, puedo venir cuando tú quieras, puedes estar seguro que yo nunca te voy a dejar solo, puedo tener la imagen que tú quieras, el cuerpo que tú quieras a la hora que quieras, puedo darte dinero, fama, fortuna ¡Todo! Sí, pero no lo quiero de ti, yo no te amo y no quiero que me ames porque no puedo hacer nada al respecto. Precioso, lo que siempre has querido es no estar solo, lo que siempre has querido es que alguien te corresponda ¡Yo te correspondo! ¡Yo te amo! ¡Carajo, nunca en la eternidad me he rebajado tanto por un ser humano! Pero eso ha sido tu decisión, discúlpame, pero yo no te amo. Eres un idiota, uno muy precioso pero idiota ¿Sabes lo que te va a pasar? Los otros no te entienden, no te aceptan, les das miedo y no por ser inmortal sino porque eres diferente a ellos, vas a terminar en un psiquiátrico, te equivocaste de tiempo precioso ¿eso es lo que quieres? No, no es eso lo que quiero, pero si soy libre puedo hacer algo para que eso no suceda. Quiero ser libre ¿me vas a dar mi libertad o no? Si te dejo libre vas a ser mortal. Eso quiero, no sé qué te molesta tanto, cuando muera me vas a tener para siempre. No es lo mismo precioso, muerto ya no me sirves, muerto ya no eres una ventana al mundo. ¿Me amas o me quieres usar? Las dos. Tú me preguntaste qué quería, pensé que si me amas, realmente me darías como regalo lo que quiero, eres una mentirosa. ¿Estás tratando de chantajear a la muerte? No, estoy siendo honesto, si no me vas a dar lo que quiero entonces dime cual es mi tercer regalo. Mi tercer regalo es lo que tú quieras, pero estaba segura que ibas a querer quedarte conmigo, acabar con tu problema de estar siempre solo. Ya te dije que eso no es lo que quiero, porque yo no te amo y jamás te voy a amar. Está bien, tu ganas, te amo y te voy a dar lo que quieres, tu libertad, pero tienes que aceptar tu segundo regalo. ¿Y si no quiero aceptar ese regalo, si no quiero acostarme contigo? Vaya que ahora entiendo porqué estás solo precioso. Eso no responde a mi pregunta. Pues no, no me voy a ir con las manos vacías, te acuestas conmigo y te doy tu libertad, punto. ¿Y dónde está el amor en eso, no se supone que me amas? Precioso, me estás desquiciando y eso no es bueno, la última vez que alguien me desquició provocó un maremoto. ¿Me estás amenazando? ¡No! Pero he estado años esperando este momento ¿Por qué no simplemente aceptas lo que te estoy dando, te acuestas conmigo y ya? Porque no sería yo, porque como bien lo dices, ya entiendo porqué estoy solo, porque no estoy dispuesto a hacer algo que vaya en contra de lo que quiero o lo que pienso o lo que soy para complacer a alguien. ¿Te has puesto a pensar que puedo irme y dejarte igual precioso, que finalmente yo tengo todas las de ganar? ¿Y si así fuera para qué tomarse la molestia de venir hasta acá y hacer todo este juego? ¿Te has puesto a pensar que puedo venir, en la noche y tomar la forma que yo quiera y poseerte sin que opongas resistencia? Y sin embargo no lo has hecho, todo lo has hecho por amor, porque cuando te vuelves humana eres como nosotros, en realidad lo que quieres no es acostarte conmigo, quieres que te ame y eso no va a suceder. El problema aquí precioso, es que mientras más eres tú más te amo. Pues acéptalo, pero acepta también que yo nunca me voy a enamorar de la muerte. Pero es que no hay nadie más de quien me pueda enamorar, yo te amo a ti precioso. Y lo agradezco, si es que de verdad me amas, pero yo no, lo siento. Precioso, no sé que voy a hacer contigo. Amar es liberar y aceptar, puedes venir a platicar conmigo cuando quieras, pero no esperes que te ame porque eres la muerte o pienses que te voy a amar, déjanos las expectativas a los seres humanos. Precioso. Igual cuando me muera, vas a tener una eternidad para conocerme, mientras tanto déjame en paz.

Ella se acercó a él. Lo besó durante algunos minutos. Tocaron el timbre, Emanuel se levantó para asomarse por la ventana. Miguel estaba en la puerta de abajo. Ella se había ido. ¡Ábreme estúpido! Presionó el botón para abrir la puerta de abajo. Fue al baño, la herida de su cuello había desaparecido, se acercó a la puerta de su departamento y quitó los seguros, la alfombra seguía empapada de su sangre. Miguel abrió la puerta. ¿Qué nos hiciste, qué nos has hecho? Emanuel no contestó. Ayer me emborraché y me fui con mi amante, mi esposa nos descubrió, Natalia se fue hoy a España ¿Qué nos hiciste? Yo no hice nada, se lo han hecho ustedes. Miguel sacó de la parte trasera de su pantalón una pistola. Vamos a ver si tu condición te salva de ésta imbécil. Emanuel se quedó de pie, tranquilo, contemplando a su terapeuta enfurecido. Miguel jaló del gatillo.

LOS MUERTOS NO ESPERAN

Alberto recibió la noticia en el trabajo, durante una junta basada en el desarrollo de estrategias para mejorar la productividad de los empleados. Estuvo trabajando toda la noche anterior. Esperó a que Carla se durmiera profundamente para poder escabullirse de la cama y encender la computadora del estudio. Entre sus estrategias elaboradas para la junta, se encontraban tres enfocadas a la convivencia de los empleados con sus familias, celebraciones del día de la familia en Chapultepec, el día del padre y el día del abuelo.

Licenciado, le hablan de la SEMEFO. Ahorita no puedo Lupita ¿no ves que estoy en una junta? Pero dicen que es importante, necesitan que vaya a identificar un cuerpo. Silencio incómodo, el Licenciado Cortina había escuchado que el padre de Alberto llevaba veinte días desaparecido. Lupita diles que te dejen sus datos que yo les regreso la llamada. ¡Hombre Alberto! La junta puede esperar, vamos anda a contestar esa llamada. Licenciado Cortina, esta junta es importante para los empleados y para el crecimiento de la empresa, si hay un cuerpo que identificar, el cuerpo ya está muerto, el muerto me puede esperar a que termine la junta. Silencio incómodo, Gutiérrez y López se vieron de reojo, a Cortina se le secó la garganta; como siempre ocurría en las juntas de la compañía, la licenciada Ramos fue la única que se atrevió a hablar. Está bien, Lupita, diles a los señores de la SEMEFO que nos dejen sus datos, el licenciado se comunica con ellos en una hora. Sí licenciada yo les digo. Alberto siguió planteando sus propuestas, habló de cifras, del coste económico que sería poco comparado con la ganancia en la productividad, de la importancia de que un empleado integre su familia en su universo laboral y dio énfasis particular en que el incentivo emocional es más benéfico a largo plazo que el pequeño incentivo económico.

Al terminar la junta Gutiérrez y López estrecharon la mano de Alberto y le agradecieron la dedicación a la empresa. La licenciada Ramos le deseó suerte y le dio algo que ella pensó era un abrazo, pero su cuerpo nunca estuvo en contacto con el de Alberto. Cortina esperó a que salieran sus socios y cerró la puerta por detrás de la licenciada Ramos. ¿Alguna duda licenciado Cortina? No hombre que dudas, si sabeis que tu trabajo es extraordinario, no mira, a mi me preocupa tu otro asunto, el del tu padre. Alberto cruzó los brazos, guardó silencio unos segundos ¿Qué hay con él? Bueno hombre, supe por ahí que tu padre llevaba desaparecido varios días. Alberto contestó inmediatamente. Veinte. Cortina quedó sorprendido ante la rapidez de la respuesta, titubeó un poco. Y bueno este, pues, ¿se sabe algo hombre? No. Cortina le dio una palmada en la espalda. Bueno, pues, si sabes algo no dudes en decirme chaval, sabes que contais conmigo para lo que sea. Gracias licenciado. Cortina cerró la puerta lentamente, Lupita entró a la oficina, Alberto seguía de pie con los brazos cruzados. Licenciado aquí están los datos de la SEMEFO. Gracias Lupita, Alberto permaneció de pie. Bueno, este, aquí le dejo el papelito en su escritorio. Gracias. ¿Necesita algo más licenciado? Sin dejar su postura ni mirarla a los ojos, Alberto negó con la cabeza. Bueno, pues me voy a comer ¿eh? ¿No quiere que le traiga algo? No Lupita gracias, váyase a comer. Si, bueno, ahí le dejé el papelito. Lupita salió de la oficina. Alberto esperó unos minutos a que se fuera su secretaria, la escuchó tomar su bolsa, escuchó el sonido del ascensor anunciar su llegada, escuchó el sonido de la puerta del ascensor cerrarse. Recogió su saco del respaldo de la silla y sin mirar el papel salió de su oficina.

Alberto decidió comer en el comedor de la empresa. Fue a sentarse a una mesa en la esquina lejos de las miradas de todos que según él, recaían en su persona. Sonó su celular, Carla siempre le llamaba a la hora de la comida. Hola mi amor. Antes de recoger a los niños, Carla iba a las oficinas de Locatel a preguntar si sabían algo de su suegro, con información o sin información Carla llamaba entonces a Alberto y le decía si había avances o no. Día veinte y aún no tienen noticias ¿tú sabes algo? No mi amor, nada. Va a aparecer, ya lo verás, no pierdas la fe. Alberto le mandó un beso por el teléfono y le indicó a su esposa que tal vez llegaría tarde a la casa, asuntos de oficina. Está bien mi amor, te dejo trabajar. Alberto terminó su gelatina de uva y salió al patio a fumarse un cigarro. Caminó por el pasillo esquivando las miradas de los demás, utilizó las escaleras hasta llegar al quinto piso, entró a su oficina y se sentó en su escritorio. Le llamó a Lupita por el intercomunicador. Lupita entró a la oficina buscando el papel, que seguía en el mismo lugar donde lo había dejado. Dígame licenciado. Búsqueme los datos de la agencia funeraria que contrata la empresa. Sí licenciado, enseguida. Voy a salir un rato, si preguntan por mi les dice una de esas escusas que usted usa cuando no quiere atender a nadie. Si licenciado. Voy a regresar así que por favor no se me vaya a ir temprano. ¡Ay licenciado como cree! Alberto se levantó de la silla, tomó el papel y sin mirarlo lo metió en la bolsa del pantalón.

Habían pasado cuatro horas desde la llamada. Además del tiempo que tardó la junta y la comida, Alberto se detuvo en el camino a comprar un café. Entró al servicio médico forense y se detuvo en el módulo de atención. Buenas tardes señorita, quiero identificar un cuerpo. ¿Parentesco? Puede que sea mi padre señorita. ¿Puede? Es que a eso vengo, a identificarlo. ¿Entró con calidad de desconocido? Me llamaron a mi oficina y me pidieron que viniera. ¿Quién le llamó? Alberto sacó el papel arrugado de la bolsa del pantalón, sus manos temblaban. El comandante Juárez. ¿Y qué le dijeron? ¡No se señorita! ¡No tomé la llamada! ¡Sólo vine! La mujer negó con la cabeza en silencio, presionó una tecla en su computadora. Documentos. ¿Documentos? Sí señor, necesito documentos del presunto occiso para su identificación. ¡No se señorita! ¡no se qué documentos necesito! La mujer volvió a negar con la cabeza. Si hubiera tomado la llamada se hubiera enterado. Alberto se limpió el sudor de la frente. Dígame por favor que documentos necesito. Historia clínica dental, radiografías dentales, placas radiográficas, documentos que cuenten con huella dactilar. Alberto tomó una pluma de la solapa de su saco y escribió en el único papel que traía. ¿Me puede repetir por favor los documentos? Ash, tenga, aquí vienen los datos. La mujer le entregó una hoja de información. Alberto tomó el papel y regresó a su auto.

El camino a su casa le pareció eterno. Entre los pensamientos de culpa, los recuerdos, el arrepentimiento y la responsabilidad, Alberto repasaba mentalmente la ubicación de los documentos solicitados. Pensó en su madre y por un momento se sintió aliviado de que ella no tuviera que pasar por esto. Cuando la madre de Alberto murió, él y Carla decidieron llevarse a don Alberto a vivir con ellos, para que no estuviera solito, dijo Carla. El sueldo de Alberto les permitía tener un miembro más en la casa. Don Alberto estuvo con ellos un par de semanas, hasta que comenzó a fastidiarse de la sobreprotección. ¡No soporto que mi hijo y su esposa me traten como si tuviera cinco años! ¡No me dejan salir a ninguna parte! ¡Yo que alguna vez fui un empresario exitoso! ¡Rebajado a ser un escuincle de cinco años! Don Alberto regresó a su casa después de una fuerte discusión con su hijo. La última vez que Alberto habló con su padre.

¿No que ibas a llegar tarde del trabajo? Vine por unos papeles que necesito. Carla abrazó a Alberto. ¿Por qué no te quedas ya? No puedo mi cielo, en serio. Alberto besó a su esposa y subió al estudio. Recogió las llaves de la casa de sus padres, al azar tomó un folder con papeles y se los puso debajo de las axilas. Bajó a la sala. ¡Papi, llegaste temprano! Sofía se abrazó de las piernas de Alberto, que miró a Carla de reojo. Sofía tu papi tiene prisa, ándale vete a ver la tele. ¡Te quiero papi! Alberto quiso comerse a besos a su hija, quería decirle a su esposa que se sentía atrapado, que necesitaba un abrazo, que quizás su padre había aparecido ya pero como un cadáver, quiso decirle cuánto la amaba y lo hermosa que se veía con ese nuevo corte de cabello que seguramente se había hecho por la mañana, quiso preguntar por Albertito y jugar luchitas con él… pero no lo hizo. Le dio un beso en la mejilla a Carla y le prometió que no llegaría tan tarde.

El tráfico se incrementaba, para distraerse Alberto llamó a la oficina. ¿Recursos Humanos en que puedo servirle? ¿Lupita, ya me tiene lo que le encargué? Si licenciado, oiga volvieron a llamar de la SEMEFO ¿quiere que le diga que me dijeron? Por favor. Me dijo el comandante que le dijera que cuando fuera a la SEMEFO tiene que llevar unos documentos ¿le digo cuales? No es necesario Lupita. Oiga licenciado en una hora salimos ¿si va a regresar a la hora de la salida? Sí, no te vayas a ir temprano, me esperas hasta que llegue.

Alberto llegó a la casa de sus padres. El lugar estaba frío. Subió las escaleras hasta llegar a la que alguna vez fue la habitación de su madre. Se inclinó bajo la cama y sacó un baúl viejo de piel donde su madre guardaba todos los documentos importantes. Le fue fácil encontrar las radiografías y las placas. Encontró también algunas fotos sueltas que evitó mirar. Guardó el baúl y salió de la habitación. Después entró a la habitación de su padre, estaba un poco más cálida, los muebles tenían poco polvo. Encontró la historia clínica en el ropero junto con otros documentos del seguro social. Faltaba el documento con huella dactilar, que seguramente tenía que estar en la cartera de su padre. Cuando Juana, la mujer que hacía la limpieza les dijo que su padre no había estado en la casa durante cuatro días, lo primero que le preguntó Alberto fue si se había llevado su cartera. Juana contestó que la cartera estaba sobre el buró. Alberto buscó en el buró y no encontró nada. Buscó en los cajones, debajo de la cama y en los muebles de la habitación sin resultado positivo. Pensó que tal vez, su padre había regresado después de haber desaparecido y había tomado su cartera. Alberto escuchó el ruido de la puerta principal abriéndose. Pensó que sería su padre, que habría vuelto. Salió de inmediato y bajó las escaleras. Juana se sobresaltó al ver a Alberto de repente. ¡Jesús! ¡Patrón! Casi me mata de un susto. Buenas tardes Juana, necesito la cartera de mi padre. Juana no pudo ocultar su nerviosismo. ¡Jesús! No me diga que ya… No es eso Juana, necesito la cartera para otra cosa. ¿La cartera? Si, tú me dijiste que estaba en el buró y no está. ¿Cómo que no está patrón? ¿Ya la buscó bien? Ya la busqué. A ver péreme. Juana subió rápidamente a la habitación, cerró la puerta. Alberto no la siguió. Juana sacó de su bolsa la cartera, salió y se la entregó a Alberto. Tenga patrón, ahí estaba, donde le dije. Alberto no tenía tiempo para sospechar, ni para discutir; tomó los demás papeles y volvió a su auto.

Siete horas desde la llamada. Alberto se presentó de nuevo al módulo de atención de la SEMEFO. Lo recibió la misma mujer. ¿Dígame? Vine hace rato señorita, vengo a identificar un cuerpo. ¿Parentesco? Puede que sea mi padre. Ya me acordé, ¿trajo sus papeles? Aquí están señorita. La mujer introdujo datos en la computadora, después de un rato la mujer contemplaba la pantalla y volvía a teclear, repitió la misma acción cinco veces consecutivas. A ver permítame. La mujer se levantó y se metió en una oficina. Alberto permaneció recargado en el escritorio unos minutos, hombres y mujeres se fueron formando detrás de él. Alberto miró a su alrededor. El lugar estaba lleno de personas con caras largas y tristes. Mujeres que lloraban, familias completas que se abrazaban y sufrían ante la muerte. Era el último lugar en el que Alberto le hubiera gustado estar.

Pasaron diez minutos más. La mujer salió de la oficina y miró preocupada a Alberto. Oiga necesito que espere tantito, ahorita viene el comandante a hablar con usted. ¿Está todo bien señorita? El comandante le explicará todo ¡El que sigue! Oiga por favor dígame algo. El comandante le explicará todo. Alberto se llevó las manos al rostro, un hombre obeso y de piel blanca salió de la misma oficina. ¿El señor Alberto Vasconcelos? Sí señor soy yo. Comandante Juárez, espero que ya tenga tiempo para atendernos. Alberto permaneció en silencio. No se enoje, era una bromita, venga a la oficina que le tengo noticias. Entraron a una oficina, el comandante le ofreció sentarse, Alberto prefirió permanecer de pie. El comandante se sentó poniendo los pies sobre el escritorio, sacó de la bolsa de su chamarra un frasco de jarabe para el estómago, le dio un trago. Mire don Alberto, le llamamos porque usted reportó a su padre como desaparecido ¿correcto? Alberto asintió con la cabeza. Y usted nos proporcionó fotos y señas particulares de su padre, entonces hicimos nuestro trabajo y nos pusimos a buscar. Alberto se llevó las manos a los bolsillos. Y usted nos dejó dicho que cuando encontráramos a su padre le avisáramos a usted y a nadie más que usted ¿correcto? Sí, no quería que mi familia se preocupara. El comandante tomó una pluma de su escritorio y la pasó entre sus dedos. Pues mire, encontramos un muertito que tiene los mismos rasgos que su padre: edad, pelo, lunares, todo coincide. Alberto sintió un escalofrío, dentro de sus bolsillos apretó los puños. Pero tenemos un problema don Alberto ¿su padre tenía una amante? Alberto se sorprendió por la pregunta. No, claro que no. Es que no se si sean buenas o malas noticias don Alberto, pero ya identificaron el cuerpo. Alberto no entendía la situación. ¿Cómo dice? Si don Alberto, ya identificaron el cuerpo, pero lo identificaron con otro nombre ¿Sabía usted si su padre tenía otra familia aparte de la suya? Ya le dije que no, mi padre amaba a mi madre y estuvo con ella sesenta años. El comandante se puso de pie. Híjole don Alberto ¿cómo se llamaba su padre? Alberto Vasconcelos Jiménez comandante, por favor no entiendo que está sucediendo. El comandante lo tomó del hombro. Mire mi amigo, yo sólo estoy haciendo mi trabajo, le digo que ya identificaron el cuerpo y lo identificó la esposa del occiso como el señor Gilberto Madariaga López, lo que se me hace raro es que es igualito a su padre. La confusión de Alberto se convirtió en frustración, el temor se convirtió en desconsuelo. ¿Puedo ver el cuerpo?

¿Doctor Millán? Que pasó mi comandante. Él es Alberto Vasconcelos, presunto hijo del occiso de ochenta y dos años. ¿El que no tomó la llamada? El mismo mi doc. Híjole, pues ya chequé las radiografías y todo coincide. ¿Las radiografías de aquí el joven o las radiografías de la seño que lo vino a identificar? Las de la seño mi comandante. Alberto comenzó a enfadarse. ¿Doctor puedo ver el cuerpo? Híjole no se va a poder, ya nos lo llevamos a prepararlo para entregárselo a la seño que vino a identificarlo. Bueno y ahora que hago. Pues lo único que puede hacer es ir a la agencia del ministerio público a hablar con la seño que lo identificó y que le diga donde va a ser el sepelio. ¿Qué le van a hacer? ¿Cuerpo presente? ¿Lo van a cremar? De eso se encarga la familia mi joven, nosotros nomás le entregamos al muertito y la agencia funeraria viene por él. Alberto le pidió al comandante Juárez los datos, bajaron a la oficina y Juárez anotó una dirección en una hoja de papel. Sale pues, pero apúrele joven que ya hace rato que se fue la seño, digo al ministerio, el que se nos fue de a devis fue don Gilberto o su padre o quien quiera que sea el don ese. Alberto le estrechó la mano. ¿No se le olvida algo mi joven? Alberto lo miró fijamente, sacó de su cartera un billete y se lo entregó. Gracias, que tenga suerte.

Alberto encendió su auto, le llamó a Lupita. Licenciado que pasó con usted ya pasaron quince minutos de la hora de salida ¿ya viene para acá? Mira Lupita, necesito que me espere otro rato por favor. No licenciado como cree yo tengo un horario. Si Lupita pero usted también tiene un trabajo y ese trabajo es obedecer mis órdenes. Mire licenciado con todo respeto. La voz de Alberto se entrecortó. Lupita, por favor. Ash licenciado, me anda preguntando el Lic. Cortina que si todo está bien. Dígale que sí. Ya me comuniqué con los servicios funerarios. Cancélelos. ¿Qué? Licenciado no me haga quedar mal. Lupita cancélelos por favor. Ay mi lic, nadie se resiste a usted cuando dice por favor. Espéreme, yo llego. Está bien mi lic, espero que valore todo lo que hago por usted. Por supuesto Lupita. Alberto colgó el teléfono, llegó a la agencia del ministerio público, pensó en su padre y en la posibilidad de no ser hijo único. Trató de recordar actitudes sospechosas, días en los que su padre haya desaparecido misteriosamente. No encontró nada en su banco de recuerdos, ni siquiera una imagen de su madre diciéndole que sospechaba de su padre. Con la mente inmersa en el recuerdo y la búsqueda de un lugar para estacionar su auto, Alberto no se percató del taxi que llegó detrás de él a la agencia.

Dígame joven. Me mandó el comandante Juárez de la SEMEFO. Ajá. Ajá qué. Lo mandó el comandante ¿y? ¿En qué le puedo servir? ¿No le llamó el comandante Juárez para decirle que venía? No sé joven. ¿No sabe? No sé porque no se quién es usted. El nerviosismo impedía que Alberto se diese cuenta que sus palabras sonaban prepotentes para el servidor público, el nerviosismo tampoco le ayudó a percatarse que un servidor público, comandante o trabajador de gobierno es incapaz de tolerar tonos prepotentes. Cálmese joven y dígame en qué podemos servirle. Alberto se llevó una mano a la frente, trató de que sus palabras sonaran tranquilas. Mi padre se perdió ¿ya lo reportó? Lo reporté hace veinte días. Ajá. Me llamaron a la oficina, el comandante Juárez para decirme que lo habían encontrado. Eso se hace en la SEMEFO joven. Alberto sintió una descarga de adrenalina, apretó un puño para tratar de calmarse. Sí, fui a la SEMEFO. Y lo mandaron para acá porque le van a traer a su muertito. No, otra persona identificó el cuerpo y se lo van a entregar a ella. ¿Y por qué no la busca joven? Porque no la conozco. ¿Qué? La señora a la que le van a entregar el cuerpo no la conozco. ¿Qué? No la conozco, no se si sea el cuerpo de mi padre o no, La señora lo identificó y a mi no me dejaron verlo ya. Híjole mi joven, entonces no sabe si el muertito es su padre o no. Así es. ¿Y le dieron los datos de la señora? No, el comandante me dijo que tenía que hablar directamente con la señora. Así es mi joven, nosotros no podemos darle esa información. ¿Ya sabe de qué señora le hablo? A ver deje ver. El hombre abrió un folder que contenía una gran pila de papeles. ¿Nombre del difunto? Alberto Vasconcelos Jiménez ¡no! Espéreme un segundo. Alberto sacó de la bolsa de su pantalón el papel empapado de sudor. Gilberto Madariaga López. ¿Qué no se sabe el nombre de su padre? La señora lo identificó con otro nombre. ¡Válgame dios! A ver, Gilberto Madariaga López si joven aquí está. Alberto sintió un escalofrío ¡¿Aquí está?! Aquí está el registro, pero no sé si ya lo entregaron, a ver déjeme ver con mi compañera. El hombre caminó lentamente hacia un escritorio al fondo. Alberto recargó su codo en el mostrador y miró a su alrededor tratando de reconocer algún gesto familiar en alguna de las mujeres que esperaban sentadas en las sillas de plástico. Al otro extremo del edificio una mujer joven con lágrimas en los ojos firmaba unos papeles. Esa no es, es más joven que yo. Alberto se dio la vuelta y buscó alguna mujer que aparentara tener la edad de su madre. La mujer joven salió del edificio. El hombre regresó al mostrador. Joven. Alberto. Joven Alberto efectivamente la mujer que se identificó como esposa de su presunto occiso padre está por aquí. ¿Dónde? ¿Espere joven no se le olvida algo? Alberto sacó rápidamente su cartera y de ella un billete, lo puso en la palma de su mano y la extendió hacia el hombre. Gracias Alberto, usted sabe que la situación está cada vez más difícil. Dígame por favor quién es. Claro joven Alberto ¿vio a aquella jovencita que acaba de salir? Alberto negó con la cabeza. No puede ser ella. Ella es, mi joven Alberto, mire ahí está con los de la agencia, si se apura los alcanza, si me lo permite, déjeme decirle que su padre tenía muy buen gusto ¿eh? Alberto no escuchó la última frase, se dirigió rápidamente a la salida.

Areli González no vestía de negro. Medía un poco más de metro y medio y tenía una figura escuálida. Estaba parada justo en la esquina de la calle, tenía un brazo pegado al estómago como si se lo sujetara, el codo del otro brazo recargaba sobre su otra mano formando una "L" con los brazos. Con la mano libre se limpiaba el maquillaje corrido de las pestañas. Antes de que Alberto llegara hasta ella, una señora mayor se acercó a Areli para abrazarla. A la señora mayor le siguió un hombre, quizás de unos sesenta años. Alberto se detuvo de golpe, pero no fue suficiente para evitar que Areli y sus acompañantes lo miraran. Disculpe señora. Areli percibió a Alberto entre nervioso y cansado. ¿Sí? Areli se recogió una lágrima que le escurría por la mejilla. Discúlpeme, yo sé que ustedes no me conocen, ni yo los conozco a ustedes pero sí conocí a su... Alberto titubeó un poco. Esposo. Areli aprovechó la oportunidad para desahogarse un poco más. El hombre mayor, más ecuánime y desconfiado cuestionó la información de Alberto. ¿Qué se le ofrece? Alberto tragó saliva. Quería darle el pésame a la señora, ofrecerle mi apoyo. El hombre se interpuso entre Areli y Alberto. Le agradecemos mucho señor. Alberto retrocedió un poco. ¿Me puede decir donde lo van a velar? Digo, me gustaría acompañar a mi amigo en su viaje de despedida. Areli sollozó, el hombre tomó a Alberto del codo y lo empujó para apartarse de ella. Mire mi amigo, no queremos problemas, le pido por la memoria del difunto que Dios lo tenga en su santa gloria me haga favor de retirarse. Pero yo sólo quiero saber el lugar del velorio. El hombre negó con la cabeza. Mire mi amigo, yo sé muy bien quién es usted, le aconsejo que se marche, la gente en el velorio también sabe quién es usted y no le va a dar mucho gusto que usted se aparezca por allí. Alberto miró a Areli, por un momento le recordó a su madre. ¿Y ella? ¿Acaso ella sabe también quién soy yo? El hombre se rascó la frente. No lo haga mi amigo, usted se ve una persona decente, ella está enfermita de su corazón y una noticia así en el estado en el que está, bueno que le digo yo, lo pueden culpar hasta de homicidio imprudencial. Alberto no supo que responder, sus ojos se pusieron llorosos, sacó de su cartera unos billetes. Mire, déjeme hacer algo por favor, encárguese que tenga la mejor urna, el mejor ataúd, las mejores flores, se lo pido. El hombre miró a Alberto y lo tomó del hombro. Mire mi amigo, a lo mejor usted está acostumbrado a resolver así sus problemas, pero éste no, quédese con su dinero y le ruego que se marche. Alberto se llevó la mano a la boca y se mordió el dedo índice. Lo único que quiero es verlo por última vez, despedirme. Lo siento mucho mi amigo, váyase ya. El hombre regresó con Areli, la tomó de la mano mientras Alberto permanecía de pie con las piernas temblorosas y mordiéndose el dedo. Tomaron un taxi, la carroza inició su marcha, el taxi se fue detrás de ella.

¿Quiénes? ¿Quiénes son ellos para negarme ver a mi padre por última vez? ¿Con qué derecho me lo niegan? Alberto tomó su auto, sacó su celular y buscó en un mapa la agencia funeraria más cercana. Había mucho tráfico, al dar la vuelta sobre avenida Chapultepec, Alberto vio a Areli y sus acompañantes meterse a una pequeña agencia.

¿Oficina de recursos Humanos en qué puedo servirle? Lupita ¡Licenciado! ¿Cómo va todo por allá? ¿Ya va a venir licenciado? Aún no, aguánteme otro ratito más ya casi. Ay mi licenciado, lo que pasa es que ya me habló mi marido, que ya no aguanta cuidar a mis hijos. Por favor, dígale a su marido que va a cobrar horas extra. No, licenciado como cree, yo no hago esto por las horas extra. Ya lo sé Lupita, pero por favor, espéreme y hágame otro favor, pídame un gran ramo de flores para difunto y que las envíen a la dirección que le voy a mandar por mensaje. ¿Ya encontró a su papá licenciado? Sólo haga lo que le pido por favor, que las flores vayan para el señor Gilberto Madariaga. Pero su papá no se llama así licenciado. Lupita. Sí está bien, yo no pregunto más cuente con ello y apúrese que el metro lo cierran a las doce y media.

Alberto estuvo fuera de la funeraria durante media hora. Esperaba que algún asistente al velorio saliera y le pudiera dar información. Vio pasar a un niño que vendía mazapanes en la calle. Niño, niñito ven. ¿No me compra mazapanes? Alberto sacó de su cartera un billete. Te voy a comprar todos tus mazapanes y te voy a dar el cambio, pero necesito que me hagas un favor. Yo no robo señor, yo nada más vendo mazapanes. No quiero que robes nada, sólo quiero que entres a este lugar, que subas al primer piso y que le digas a una señorita que está ahí que salga. ¿Qué lugar es este? Es un velatorio. ¿Donde tienen a todos los muertitos antes de que se vayan al cielo? Sí. A mi no me gustan los muertos señor. ¿Quieres que te compre los mazapanes? Sí. Pues ve por favor y has lo que te pido. ¿Y cómo voy a saber cual señorita es la que usted quiere que salga? Se llama Areli, preguntas por la señora Areli. ¿Señora o señorita? Por favor, sólo pregunta por Areli ¿sí? Si señor, está bien. Alberto le dio el billete al niño que se guardó en la pequeña bolsa de su pantalón, cargó su caja de mazapanes y entró al edificio, salió veinte segundos después. ¿Qué pasó? Es que el policía no me dejó entrar, cree que me voy a meter a vender mazapanes. Alberto se llevó la mano a la frente. Está bien, mira, gracias. El niño muy triste, sacó el billete y se lo devolvió. Tenga. Una lágrima se escurrió por la mejilla de Alberto. Toma, llévate el billete, te lo regalo. El niño le entregó la caja de mazapanes. Tenga. No, quédatelos, véndelos. No, son suyos. Alberto recibió la caja. El niño se fue corriendo para darle a su padre el billete.

Alberto seguía afuera, un hombre con un gran arreglo de flores llegó al lugar. Disculpe ¿para quién son esas flores? Cómo que para quién, pues para un difunto señor. A lo que me refiero es que para el velorio de quién las vas a entregar. Gilberto Madariaga de parte del señor Alberto Vasconcelos. ¡Soy yo, son mis flores! El hombre lo miró confundido ¿Usted es el difunto Gilberto Madariaga? No tarado, yo soy Alberto Vasconcelos. ¿A quién le estás diciendo tarado imbécil? Mira, discúlpame, no quise ofenderte, estoy muy alterado, mi papá murió y no sé si ni siquiera es mi papá y bueno, necesito que me hagas un favor. ¿Cómo espera que alguien a quien le dice tarado le haga un favor? No, no, ya te pedí una disculpa, mira, tengo dinero, lo único que quiero es que le des un mensaje a una persona que está allá dentro. Yo no quiero tu dinero, yo tengo trabajo. Bueno, no tomes mi dinero pero hazme el favor. Yo no sé a que estás acostumbrado, pero no todas las personas son como tú crees. Alberto bajó la cabeza. Mira, ahí al velorio donde vas hay una mujer, la esposa del difunto que se llama Areli, si la ves dile que necesito que salga, que es importante, cinco minutos. Sin decir nada, el hombre se dio la vuelta y entró al edificio. Salió unos minutos después, miró a Alberto y sin decir nada se fue.

¿Dónde andas mi amor? No te preocupes, estoy bien, cuando llegue a la casa te cuento. Te hablé a la oficina, Lupita me dijo que estabas rarísimo ¿No quieres que deje a los niños con mi mamá y vaya contigo? No amor, gracias, dale un beso a Albertito. No me esperes mi cielo, no sé a qué hora vaya a llegar.

Estaba muy alterado, se metió a una cafetería. Cenó unas enchiladas. Al terminar regresó al lugar decidido a ver el cuerpo sin importar lo que pasara. Entró al edificio, subió al primer piso y miró desde afuera. Areli seguía inconsolable, en el velorio había muchos asistentes de la edad de su padre. Ninguno que reconociera. Entró despacio tratando de no hacer ruido. El hombre que lo había detenido en la agencia lo vio y salió rápidamente a su encuentro. ¡Le dije que no se acercara! Por favor señor, yo no lo conozco pero por favor, de verdad, necesito ver el cuerpo. Es usted un inconsciente, mire que venir al velorio es usted de lo que no hay, váyase inmediatamente o haré que lo saquen a golpes. Por favor, por favor, sólo quiero ver el cuerpo. De verdad que está usted muy enfermito. ¿Dónde está el ataúd? ¡Váyase ya! Al levantar la voz, varios hombres que estaban en la sala miraron a Alberto con coraje, algunos se levantaron y se dirigieron a él. Alberto no conocía a ninguno, sin embargo, una sensación de miedo recorrió todo su cuerpo. Sólo déjeme ver el cuerpo y me voy. Pues ya no va a poder, el cuerpo se lo llevaron a cremar hace media hora, si se hubiera preocupado antes, quizás don Gilberto aún seguiría vivo. ¿A cremar? Alberto salió del lugar cuando los hombres estaban casi sobre él. Bajó corriendo las escaleras, llegó a su auto y se arrancó sin mirar atrás.

¿Licenciado? Lupita, no me digas que ya es muy tarde. ¿Llegaron las flores? Sí, sí. Mira Lupita, no tengo mucho tiempo. Necesito preguntarte algo y quiero que me respondas. Haré lo que pueda Licenciado. ¿Adónde se llevan a cremar a la gente cuándo no les alcanza el dinero para cremarlos en el lugar dónde los velan? ¡Dios santo Licenciado! ¿Qué? ¿Qué clase de preguntas son esas? No sé, contéstame por favor. Pues al crematorio. ¿Me puedes investigar por favor cual es el crematorio más cercano al velatorio a donde mandaste las flores? Licenciado, no me asuste. ¡Lupita! Perdón licenciado, ya le busco la información. Búscala en internet, yo te espero no me cuelgues. Pero licenciado, le va a salir carísima la llamada ¡No importa Lupita hazlo ya! Licenciado no se enoje conmigo yo sólo le he estado esperando y he hecho todo lo que me ha pedido. Tienes razón discúlpame. No hay problema licenciado, yo lo quiero mucho. Gracias Lupita. Ya tengo la info, le mando el mapa por mail de los más cercanos. Gracias Lupita.

Alberto fue al primer crematorio, no había registros del difunto. Visitó el segundo sin resultados. Al llegar al cuarto, un hombre lo recibió en un mostrador.

Buenas noches mi joven. Buenas, disculpe, necesito saber si aquí van a cremar a alguien. ¿Es usted familiar? Puede que sea mi padre. ¿Puede? Es una larga historia señor. El hombre lo miró con desprecio. Bueno y si no sabe si es su padre o no para qué quiere saber si lo vamos a cremar aquí. Alberto apretó los puños. Por favor, es mi última oportunidad de verlo. ¿Qué no lo vio en el velorio? Señor se lo ruego. Alberto saco de su cartera los billetes que le quedaban. Déjeme ver que puedo hacer. El hombre tomó los billetes y se los guardó en la bolsa. ¿Nombre? Alberto Vasconcelos ¿Del difunto? No ese es mi nombre. ¿Y el nombre del difunto? Gilberto Madariaga. A ver, déjeme ver, sí muy bien, a ver. El hombre miró a Alberto. Joven, le tengo una buena y una mala noticia. Dígame la que quiera pero dígame las dos. Mire, entiendo que esté usted enojado pero yo no tengo la culpa. Dígame por favor la buena y la mala. Pues la buena es que a su "puede ser su padre" si lo trajeron a cremar acá, y la mala es que ya no puede ver el cuerpo porque ya lo cremaron. Alberto dejó caer su cuerpo al piso. ¿Está bien joven? Alberto no contestó. Se levantó lentamente y apoyó los brazos en el mostrador. ¿Me puede dar las cenizas? ¡Cómo cree joven! Por favor. Es que las cenizas se las tengo que entregar a los del velatorio. Mire, le di el último dinero que traía, tenga mi reloj, mi saco, mi camisa, lo que quiera, pero por favor déjeme llevarme las cenizas. El hombre lo miró, se dio la vuelta y entró en un cuarto. Regresó unos minutos después con una bolsa de plástico transparente que contenía unas cenizas y una etiqueta auto adherible. Tenga, lléveselo. ¿Cómo sé que son sus cenizas? No puede saberlo, pero yo se lo aseguro, son las cenizas de Gilberto Madariaga. Alberto tomó la bolsa entre sus brazos, se soltó a llorar. Papá, papacito, discúlpame, discúlpame por favor. El hombre soltó una lágrima también. Váyase ya, que tengo que ponerme a juntar cenizas de cigarro para reponer las cenizas que se va a llevar. Gracias, gracias. Ándele, que dios me lo bendiga.

Alberto llegó a la oficina a la una y media de la madrugada. Abrió la puerta y dejó la bolsa con las cenizas sobre su escritorio. Lupita estaba en su silla durmiendo. Lupita. ¡Licenciado! Ya váyase a su casa que es muy tarde. Lupita vio las cenizas y se talló los ojos, se persignó. Ya cerraron el metro licenciado. Pues pida un taxi yo se lo pago. Alberto se metió la mano a la bolsa y sacó su cartera, ya no quedaban más billetes. ¿Me presta para su taxi y mañana se lo pago? Pues ya qué licenciado, oiga siento mucho lo de su padre. Sí Lupita gracias, yo también.

El taxi llegó minutos después. Alberto se quedó dormido en su escritorio abrazando las cenizas. Olvidó llamar a su casa. Su esposa no durmió esa noche esperando a que regresara.

FÁBULA DEL PANTANO

(1)

¿Y Bien, Qué le parece? -No lo sé, se ve que está un poco vieja- Ya sabe lo que dicen, mientras más experiencia mayor es el placer -¿Usted cree?- Mírela, cualquiera diría que está bien buena —Cuestión de enfoques- Hombre, es una joya, todos los que vienen por acá preguntan por ella, es popular —Me sigue pareciendo vieja, además tiene llantas como todas- Por favor, no se va a quejar por eso —Está bien pues, me la llevo por unas cuantas horas- Sáquele provecho, verá que es toda una delicia —Por lo que me va a costar, eso espero- Ándele, apresúrese, está impaciente de que la toquen -¿Cómo me dijo que se llama?- Por acá le decimos "la ponedora".

El cocodrilo salió del lugar a las 6:30pm. Era viernes, antes de llegar a su negocio quiso recoger a Flor en su trabajo y llevarla a tomar unos tragos, una rutina que se repetía todos los fines de semana, para el cocodrilo estaba bien, tenía una relación estable que no le exigía mucho tiempo para poder trabajar, para echar el dominó con sus cuates, para pasar más rato con su madre enferma, para darse sus pequeños lujos de vez en cuando. Flor ya lo esperaba afuera de la fábrica, con su vestido sastre y sus tacones altos, su copete peinado, su rostro enchocolatado mirando a los autos que pasaban sin detenerse, con los brazos cruzados y los oídos apagados para no escuchar los piropos del policía que cuidaba la puerta con recelo. La sonrisa se le apareció cuando vio al cocodrilo llegar con "la ponedora".
¿Y esta cosa? —Es "la ponedora" no le digas tan feo- ¿Fuiste otra vez a rentar una camioneta? —Te quería pasear en esta chulada- No te entiendo. ¿Porqué rentas camionetas en vez de comprarte una? —Porque así puedo probar cosas diferentes- La semana pasada fue "la poquianchi", la anterior fue "la masacota" ahora "la ponedora" ¿No crees que es de mal gusto bautizar a las camionetas con nombres tan vulgares? —Flor, por favor. Al dueño del lugar

le agrada darle un toque personal a su negocio de renta de autos- Pues sólo tu sabes porque rentas en ese chiquero –No rezongues y dame un beso ¿Sí?- Ay Coco, eres muy raro.

Llegaron al bar "Las Margaritas" cerca de las 8. El lugar no era muy lujoso pero al cocodrilo le gustaba porque los tragos eran baratos y podía manosear a Flor por debajo de la mesa sin que los meseros se disgustaran. A la muchacha le parecía acogedor, un refugio por algunas horas de su cansada y agobiada vida. Se sentaron en la mesa de siempre, pidieron lo mismo de cada Viernes, charlaron de las mismas cosas. Coco, mi mamá me sigue molestando con lo de la boda –Pero tu no te quieres casar todavía ¿Verdad?- La muchacha guardó silencio, le dio un trago a su cuba –No, claro que no. Pero quería saber si tú, alguna vez, quieres hacerlo- El cocodrilo miró hacia arriba, bajó la cabeza para reincorporarse con una mirada reprobatoria directamente a los ojos de Flor -¿Otra vez? ¿No te basta con que salgamos juntos?- La muchacha miró a su alrededor para notar si habían escuchado la voz molesta de su novio –Ya sabes que no es eso, pero no sé cuanto tiempo pueda aguantar así- Se acabó la cuba de un solo trago, inmediatamente tomó la botella y se sirvió medio vaso –Aunque tú estés contento con tu vida, me parece que estás siendo egoísta- El cocodrilo la miró en silencio, se llevó la mano a la oreja para tomar un cigarrillo que tenía descansando en las patillas, lo encendió con una caja de cerillos que se encontró en la mesa –Mira Flor, cuando quieras puedes cortarlas conmigo, si no te basto pues búscate otro que te haga feliz- La muchacha había escuchado la amenaza en más de diez ocasiones, nunca con tanta violencia como esa noche, como por instinto, tomó lo que le quedaba de dignidad y la metió en su bolsa –Ya no puedo con esto Coco. Estoy cansada. Si crees que eres el único reptil en el mundo estás muy equivocado- El joven no mostró reacción alguna, le dio un golpe a su cigarro y se quedó con la mirada clavada en los senos de Flor -¡Marrano! ¡Me das asco!- tomó su bolsa y se perdió entre la gente que se emborrachaba y bailaba de cachetito con sus parejas.

"La ponedora" fue entregada a las 9pm. Justo antes de que cerrara el establecimiento, el cocodrilo se fue arrastrando hasta su trabajo. Llegó a la taquería "El Pantano" a las 10, las ventajas de ser el patrón, los empleados lo saludaron entre risas. Estaba llenísimo, las meseras iban de mesa en mesa entregando órdenes y refrescos a los clientes que no les importaba esperar. El muchacho no se dio tiempo para contemplar su imperio, se metió a la cabina para recibir los dineros y mandar a la rana a hacer otras cosas, a pesar de su gordura, la rana se fue brincando de contenta porque ya estaba harta de tocar dinero que no era suyo, se fue a ayudarle al caimán a preparar los de pastor, que para alivianar un poco la presión le preguntó por la actitud del cocodrilo.

Y ahora que se trae el Coco –Supongo que se peleó con la Florecita- ¿Otra vez? A estas alturas ya ha de estar bien marchitada la pobre -Ya sabes como es esto del amor, "estira y afloja" eso es lo que le enseñan a las viejas de hoy en día- Hay ranita, no me digas que en tus tiempos la cosa era otra –Pues éramos menos gandallas, no andábamos exigiendo bodorrio cada vez que abríamos las piernas, ahora es puro interés- ¡Ai Cabrón! Me rebané un cacho de dedo –No se lo vayas a echar al taco que nos va como en feria- No hay tos ranita, tu sigue buscando moscas y mejor vete a consolar al cocodrilo que se ve que anda escamoso.

"El Pantano" se cerró a las 2am. del Sábado, el cocodrilo contaba los dineros mientras la rana hacía la lista de las compras, el caimán bromeaba con el hipopótamo sobre su dedo cercenado, en la radio sonaba una cumbia romántica, al cocodrilo le empezaron a salir mal las cuentas. –¿Me puede hacer alguien el favor de apagar esa chingadera?- La voz del amo sonó estruendosa, la rana fue la que se levantó para desconectar el aparato – Gracias, no me siento muy bien- se hizo un silencio incómodo, el primero en hablar fue el hipopótamo –Mi Coco, ya no estés así ¿Qué te preocupa?- El cocodrilo agradeció la oportunidad para el desahogo –Es Flor. Se marchó. Para siempre- su voz comenzó a quebrarse –Mi Flor. Se hartó de mí- Las lágrimas se derramaron, el cocodrilo lloró por primera vez ante sus amigos que lo creían un hombre sin corazón –¡Pinche vieja, ni mi dinero, ni mi carisma, ni mi pito... nada la retuvo!- La lagartija, que hasta ese momento había permanecido en silencio limpiando el piso, se armó de valor y quiso darle palabras de aliento a su patrón –No te pongas así por la Flor, tú estás para escoger, además y para que te lo sepas, esa ruca no era tan buena y santa como parecía- Se hizo un silencio, la rana supo en ese instante lo que pasaría después, el cocodrilo sacó los dientes -¿De qué estás hablando?- Todos miraron a la lagartija, el caimán quiso calmar la situación –De nada, no le hagas caso a esta escuincla, no le creas nada- La lagartija presintió el peligro, se puso a barrer con más fuerza, ya no había marcha atrás, habló mirando al suelo –Lo que pasa es que la otra vez vi a la Flor afuera de su casa caldeándose con la iguana- La rana cerró los ojos, ya nada podía hacer, el cocodrilo se levantó y con un aire endemoniado tomó a la lagartija de los hombros y la arrojó violentamente al suelo -¡Estás pendeja! ¡La Flor no es una piruja!- El caimán trató de calmar al cocodrilo pero el esfuerzo fue inútil, se le lanzó a la lagartija y comenzó a apretarla fuertemente por el cuello, los otros se quedaron como espectadores, la lagartija trató de gritar pero le fue imposible, poco a poco su mirada se fue desvaneciendo, su fuerza se agotó, el cocodrilo se puso de pie, se acomodó la chamarra y jadeante se metió al baño a lavarse las manos, en medio de un silencio desolador, el hipopótamo tomó el cuerpo inerte de la lagartija y se lo llevó a la bodega para descuartizarlo por la mañana y enterrarlo en el terreno baldío de la rana, que a falta de uso, se había convertido ya en el panteón personal de las víctimas del cocodrilo.

(2)

¿Y Bien, Qué le parece? -No lo sé, se ve que está un poco vieja- Ya sabe lo que dicen, mientras más experiencia mayor es el placer -¿Usted cree?- Mírela, cualquiera diría que está bien buena –Cuestión de enfoques- Hombre, es una joya, todos los que vienen por acá preguntan por ella, es popular –Me sigue pareciendo vieja, además tiene llantas como todas- Por favor, no se va a quejar por eso –Está bien pues, me la llevo por unas cuantas horas- Sáquele provecho, verá que es toda una delicia –Por lo que me va a costar, eso espero- Ándele, apresúrese, está impaciente de que la toquen -¿Cómo me dijo que se llama?- Por acá le decimos "la tortuga" -¿Por lenta?- No, porque se toma su tiempo para llegar al lugar deseado.

El cocodrilo salió del lugar a las 7:30pm. del Sábado, la rana le había llamado por teléfono para decirle que el entierro de la lagartija estaba hecho sin la menor complicación, que el "Pantano", lleno como siempre se encontraba en orden y que podía tomarse el tiempo que quisiera para distraer su mente, pero él sólo pensaba en Flor. Tres años de relación, buen sexo, compañía agradable. –Así que tú eres la tortuga- Si mi rey, te aseguro que no te voy a decepcionar –Eso espero, mira, yo no quiero sexo, más bien, quiero que me hagas un favor- Te advierto di una vez que yo no presto a jueguitos raros, mucho menos masoquistas y esos pedos –No, no se trata de eso, quiero que te cojas a un amigo mío, sólo que es muy tímido y le da pena pedir esta clase de servicios- Pero tú no le vas a entrar al quite ¿verdad? –No como crees, me dan asco esas cosas- Ta bueno, al cliente lo que pida ¿Cómo te llamas muñeco? –Me dicen el cocodrilo- ¿Neta? Déjame adivinar, es porque estás todo cacarizo y parece que tu cara está llena de escamas –No, no es por eso. Soy dueño de una taquería que se llama "El Pantano"- Ah, no te ofendas muñeco, por lo de tu cara, estás re guapo –No te preocupes- ¿Cómo se llama tu amigo? –Le dicen la iguana- Órale, ya mejor ni pregunto.

Tomaron un taxi, llegaron a casa de la iguana a las 8pm. el cocodrilo le dio instrucciones precisas a la tortuga, además del sexo, la tortuga tendría que averiguar si la iguana se caldeaba con la florecita, porque el cocodrilo necesitaba estar seguro, la iguana era de armas tomar, no era un tipo cualquiera, tenía un negocio de auto partes que sus chalanes robaban en colonias de dinero, además de influencias, la iguana tenía muchos amigos, todos ellos peligrosos, pero eso sí, tan religiosos que respetaban de sobremanera los fines de semana para descansar y asistir con sus madres a la iglesia a rezarle a la virgen, los compinches no eran un problema, la iguana estaría solo, sentado frente al televisor viendo algún partido del América. El cocodrilo se escondió detrás de unos arbustos en la acera de enfrente, la tortuga tocó el timbre, la iguana se asomó por la ventana y no dudó en invitar a pasar a la tortuga. El cocodrilo permaneció en los arbustos, al acecho, pensando en su amada Flor.

La tortuga se tomó su tiempo. Salió de casa de la iguana a las 11pm. con los pelos parados y la blusa mal abrochada, tambaleándose, se acercó a donde estaba el cocodrilo, le confirmó lo que el reptil ya se esperaba. -Pues que te crees mi Coco, que la iguana si le chupó la miel a tu florecita pero sólo una vez, me pidió que te diera las gracias por mandarme y que te advirtiera que esta ruca le anda dando su pistilo a todo mundo, que siguen siendo cuates y que cuando le caiga un trabajito te devuelve el favor- La tortuga cayó dormida en los brazos del cocodrilo, que tenía tanta furia en las entrañas que estaba decidido a terminar con la iguana, que los contemplaba desde la ventana, ansioso de saber lo que pasaría después. Había tantas cosas en la cabeza del cocodrilo, instinto de supervivencia, deseoso de acabar con la tortuga, con la iguana, con su Flor, regresar al "Pantano", su espalda se llenó de un sudor incómodo, llamó a la rana y le pidió que fuera con su coche, con la ayuda de la oscuridad, tomó a la tortuga del cuello y lo giró con violencia, el crujido fue evidente, la cargó hasta la entrada de casa de la iguana y tocó el timbre, aventó el cuerpo al jardín, la iguana lo recibió con un abrazo, lo invitó a pasar, se tomaron un par de cervezas, se miraron en silencio. —Sabía que vendrías, te agradezco lo de la putita- Cual de las dos —La tortuga por supuesto- Tocaste algo que me pertenece -¿Flor? ¡No seas infantil cocodrilo! No vas a armar un desmadre por una vieja- Te metiste en terreno prohibido —No la hagas de jamón que no te conviene, me caes bien Coco, tu jefecita está enferma ¿Quién la va a cuidar si te pasa algo?- ¿Me estás amenazando? -¡Claro que No! Lo único que te digo es que no te alebrestes por pendejadas- Flor es mía iguana, Tú lo sabías y aún así te la tiraste -¡Yo no la obligué! Ella se me dejó venir y pues yo me vine en ella-. Sonó el claxon, la rana llegó más rápido de lo esperado, el cocodrilo se levantó y se dirigió a la salida, la iguana permaneció de pie junto a la ventana —Ya no estés roñoso Coco, tú estás para escoger- Esas fueron las últimas palabras de la iguana, el cocodrilo usó su agilidad para llegar rapidísimo a donde estaba y le estrelló la cabeza varias veces contra el cristal, se hizo un charco de sangre, ninguno era mejor que el cocodrilo para matar, la iguana quedó desfigurada, la rana tuvo que abrir la cajuela para meter los cuerpos de prisa, era una colonia donde esas cosas pasaban todos los días, nadie intervino.

"El Pantano" seguía en su máxima capacidad, eran las 3am. del Domingo, el hipopótamo no paraba de hacer órdenes de tripa y de suadero, el caimán seguía muy clavado con los de pastor, la rana se metió a la cabina y el cocodrilo se dispuso a preparar los de bistec y los de longaniza que estaban pendientes ante la escasez de personal. La carne se había terminado y los clientes no paraban de pedir, la rana y el caimán intercambiaron miradas. Ambos salieron por la puerta de atrás y al poco rato regresaron con varios pedazos de carne que se veían más rojizos de lo habitual, al final alcanzó para todos, la registradora estaba llena de billetes y los empleados exhaustos, tocó que el hipopótamo limpiara y que el caimán hiciera las cuentas, el cocodrilo aprovechó para charlar con la rana que se notaba más nerviosa que de costumbre. -Mañana nos encargamos de los cuerpos- No te preocupes, ya queda poco que enterrar -¿A qué te refieres?- A la carne, ya no hay mucha - ¿Los clientes comieron carne de iguana?- Y de tortuga –¡Pinche rana! a veces eres una hija de la chingada- ¿Qué harías sin mi?

(3)

Ya sólo faltaba arreglar el asunto de Flor, era la única mujer con la que el cocodrilo se tentaba el corazón, ese Domingo se la encontró en la iglesia, muy recatada, acompañada de la mano de su madre que miraba al cocodrilo con gusto, "el Pantano" cerraba ese día lo que permitió que el cocodrilo pasara más tiempo con su madre, después de mucho pensarlo, salió a las 5pm. de su casa dispuesto a darle a Flor lo único que le había pedido todo este tiempo: el matrimonio. Vestía con sus mejores galas, llevaba una caja llena de billetes con los que compró una camioneta nueva a la que bautizó como "la trajinera", el dinero en efectivo bastó para que se la dieran de inmediato, compró un centenar de rosas y el anillo más fino que encontró en una joyería de la Lagunilla, el cocodrilo lloraba de felicidad, de haber tomado al fin la decisión correcta. Llegó a casa de flor a las 7pm. Su padre, con una actitud preocupada le dijo que de regreso a la iglesia, Flor se había encontrado a una amiga y que no regresaba desde entonces, no contestaba las llamadas de su teléfono y nadie las había visto por la colonia. El cocodrilo esperó hasta las 12am., su corazón parecía hacerse cada vez más pequeño, arrancó a "la trajinera" y se dirigió al único lugar donde podía sufrir su pena sin recelo, "el Pantano". El cocodrilo encontró las luces prendidas, entró por la puerta trasera y descubrió a la rana, sentada en una mesa picando carne para el día siguiente, estaban solos, el cocodrilo sacó una cerveza del refrigerador y se sentó junto a la rana, que cuando estaba nerviosa inflaba su barbilla con aire.

-¿Qué haces por acá?- Quise adelantar el trabajo de mañana ¿Y Tú, porqué el tacuche? –Fui a pedirle matrimonio a Flor-. La rana no contestó, comenzó a picar la carne con más rapidez mientras inflaba su barbilla a un ritmo acelerado, unas pequeñas gotas de sudor se escurrían de su frente. -¿Y qué pasó?- Nada, la estuve esperando pero nunca llegó. La rana dudó por unos instantes, tenía cinco años de conocer al cocodrilo y nunca lo había visto tan deprimido, quiso dar un gran brinco en la conversación. -¿Te acuerdas cuando nos conocimos?- Eso que tiene que ver –Que me acuerdo que te pregunté porqué te decían el cocodrilo y me respondiste que por este lugar- ¿Y luego? –Que siempre he sido honesta contigo, pero te he ocultado algo-. Antes de continuar esperó su reacción, el cocodrilo se sentía a gusto con sus recuerdos, le sonrió a la rana. -¿Ah sí? ¿Y Qué es?- La verdadera razón por la que te dicen cocodrilo. El hombre guardó silencio, su mirada confusa trataba de armar el rompecabezas, dejó hablar a su amiga. –El caimán me contó que era porque las mujeres siempre te abandonaban cuando menos te lo esperabas, tus cuates se acordaban de la canción y te decían "Ai nos vemos cocodrilo", siempre te pasaba lo mismo y por eso te pusieron así-. El cocodrilo sonrió por unos instantes. -¿Crees que pasó lo mismo con Flor?- comenzó a reírse con más fuerza. –Puede ser- la rana lanzaba carcajadas nerviosas, las risas del cocodrilo sonaban por todos los rincones del pantano. –Ya no te preocupes por Flor, ya me encargué de ese asunto- El cocodrilo pretendió no escucharla, seguía riendo con mucha fuerza. –Si claro, me vas a decir que la mataste y la hiciste pedacitos como a los dos cabrones de ayer- la risa ya no era violenta, la rana tenía el cuello y la frente empapados de sudor, terminó de picar la carne y se la mostró al cocodrilo –Mira, dile adiós a tu florecita- ya no había porqué fingir, el cocodrilo tomó los pedazos de su amada y los apartó, miró a la rana y dudó por un instante, la rana conocía su destino, estaba ante uno de los grandes depredadores de la selva. –¡Lo hice por ti Coco! ¡Yo limpio la mierda que tu dejas!- las palabras no convencieron al cocodrilo, que tomó el cuchillo para picar carne y lo hundió en el flácido cuerpo de la rana, dos veces en el estómago, esta se arrastró por el piso queriendo dar un salto, el cocodrilo la alcanzó por detrás y le dio uno más en el cuello, el último fue un cuchillazo en la espalda, la rana aún con vida, con el último aliento que le quedaba soltó su ultima croada –Gracias por todo- el robusto cuerpo de la rana quedó aplastado boca abajo en el centro de "El Pantano".

Esa madrugada, a las 2am. del Lunes, el cocodrilo devoró por sí solo los pedazos de su amada Flor, encontró un sabor dulce, no utilizó tortillas, un sabor tan dulce como el de los besos que alguna vez le dio.

¿Y Bien, Qué le parece? -No lo sé, se ve que está un poco vieja- Ya sabe lo que dicen, mientras más experiencia mayor es el placer -¿Usted cree?- Mírela, cualquiera diría que está bien buena —Cuestión de enfoques- Hombre, es una joya, todos los que vienen por acá preguntan por ella, es popular —Me sigue pareciendo vieja, además tiene llantas como todas- Por favor, no se va a quejar por eso —Está bien pues, me la llevo porque quiero que trabaje conmigo- Sáquele provecho, verá que es toda una delicia —Por lo que me va a costar, eso espero- Ándele, apresúrese, está impaciente de que la toquen -¿Cómo me dijo que se llama?- Por acá le decimos "la rana".

ACERCA DEL AUTOR

Alejandro Archundia nació en la Ciudad de México el 11 de enero de 1979.
Es Escritor, Actor, Psicólogo, Payaso y Educador. Como escritor ha
ganado premios de crítica cinematográfica, dramaturgia y cuento.
Como educador se dedica desde hace varios años a entrenar profesores en
nuevas tecnologías y pedagogías emergentes.

En el 2020 diseñó un modelo de aprendizaje híbrido que se ha
implementado con éxito en escuelas de México. También es creador de
cursos sobre el desarrollo de la creatividad para adultos.

Made in the USA
Columbia, SC
19 January 2025

50877863R00052